マドンナメイト文庫

俺の姪が可愛すぎてツライ

東雲にいな

JM044992

目次

contents

俺の姪が可愛すぎてツラい

第一章　美少女が部屋にやってきた

◇

六月のある日、悠二《ゆうじ》の生活は一変した。

「なにこれ。すごく広い！　テレビで観たホテルのスイートルームみたい！」

悠二の隣で少女が騒いでいる。だが、それはけっしてやかましいものではなく、なんとも心地いい響きだった。

「今日から、ここが君の家だ。好きに使ってくれていい」

蔦谷《つたや》悠二は努めて冷静な口調で言った。

マンションのエントランスは大理石でできていて、そこだけで十畳くらいの広さがある。壁には本人もよく知らない絵画が飾ってあった。

「本当にすごいよ！」

蔦谷星羅《せいら》が悠二の腕をポンポン叩いてはしゃいでいる。

少女は身長百七十五センチの悠二よりも頭一つ分ほど背が低い。

彼女の目は大きく見開かれ、眩《まぶ》しいくらいに輝いていた。瞬《まばた》きをするたびに長いまつげが頬に影を落とした。

悠二はまだあどけなさの残る横顔を微笑ましく見つめた。

色白の肌に頬がわずかに桃色に染まっている。化粧をしなくとも、やや肉感的な唇はサクランボのように艶やかな色づいていた。何より人を惹きつけるのは、その瞳だった。宝石のようにキラキラと輝いていて、長くは見ていられなかった。ストレートロングの黒髪も艶々している。

(星羅が大人になったら、男が放っておかないだろう)

なにしろ、今でも超がつくほどの美少女なのだから。

そんな星羅と悠二の関係は――。

「叔父さん、すごいよ！」

そう、悠二は星羅の叔父だった

星羅は十四歳の中学二年生である。

悠二の兄である修一《しゅういち》とその妻・深雪《みゆき》の一人娘だった。奇《く》しくも、深雪はかつては中学の同級生で、しかも初恋相手でもあった。そして当時の深雪に星羅は瓜二つだった。

星羅は無邪気に悠二の手を握ってきた。思わず変な汗をかいてしまう。

「とにかくここを自分の家だと思って……」

「はい。不束者《ふつつかもの》ですがよろしくお願いします」

星羅はどこで覚えたのはそんなことを口にして急にかしこまって微笑んだ。

「あ、あぁあ……。早くリビングに行こう」

「あー、もう。ちゃんと反応してくれないと恥ずかしいよ」

「……どういうこと？」

「たとえば、それじゃ新婚夫婦のセリフみたいじゃないかと言ってツッコむとか」

いたずらっぽく笑う星羅から視線をそらし、悠二は靴を脱ぐと、星羅のボストンバッグを下ろした。

なぜ、こんなことになったのか。修一の海外赴任が決まり、夫に妻の深雪がついていくことになったからだ。だが、星羅はせっかく努力して受かった名門中学に通っていて、両親についていかないことになった。その結果、悠二に白羽の矢がたったというわけだ。

三十六歳独身の悠二がいきなり姪っ子と暮らすことは考えられなかったので、もちろん最初は断った。だが、結局、選択肢がほかになく、いちばん近い親族である悠二が面倒を見るのが妥当だろうと、ついに押しきられるかっこうになった。

久しぶりに会った星羅はすらりと手脚が伸びて、胸の膨らみも目立ってきている。

不幸中の幸いなのは、星羅は拒絶することなく、今のところ居候《いそうろう》生活を楽しみにしてくれていることだった。

今も無邪気な星羅は自分と悠二の靴をきれいに並べている。

「廊下もすごいね」

「……」

「本当にホテルみたい」

星羅はいちいち感動してくれているので、なんだか気恥ずかしくなった。

このマンションは低層で、各階に二世帯しか入っていない富裕層向けの高級マンションだった。セキュリティは強固で、二十四時間のインラインセキュリティシステムを採用している。

近くには大きな公園があり、都内とは思えないほど閑静な住宅街だった。

ただ、一人暮らしには部屋が広すぎて、正直、持て余し気味だった。

投資で財をなした悠二は、家も資産の一つで愛着も特になかった。だが、星羅が喜んでいるのを見ると、それだけでこのマンションを購入した価値があったと思えた。

「うわぁ、ロボットがいる！」

星羅が廊下を巡回するロボット掃除機に気がついた。

だが、星羅の関心はすぐに別のものに移っていった。

「ここが、せ……君の部屋だよ」

彼女の名前を呼ぼうとしたが、一瞬躊躇《ためら》った。なぜか緊張してしまう。さすがに女子中学生を意識しているはずはないだろう。悠二は心の中で否定した。

「わたしの部屋も広ーい！」

星羅はあてがわれた部屋を見て、満面の笑みで手を叩いて喜んでいる。

その部屋は南向きだが、もともと使っていなかった。星羅の部屋にはちょうどいい。他の部屋と同じく、窓は大きく取られた採光が良好で明るかった。

「落ち着かなかったら他の部屋でもいいよ？」

「ううん。ここがいいです！」

ひとまず気に入ってくれたようで悠二はほっと胸を撫で下ろした。

そのとき、星羅が部屋を見て笑いだした。

「ここにも掃除機が！」

星羅がそう言うと、掃除機がまるで意志を持ったように彼女の足元で旋回した。

「邪魔ならどけるけど？」

「この子にはきょうだいがいるんだね」

「きょうだい？　そういう考えかたもあるのか。じゃ、少しゆっくりするといいよ。俺は仕事があるから、なにかあったら呼んで」

悠二の自室のデスクにはワイドモニターが何台も置かれ、その正面には存在感のあるリクライニングチェアが鎮座している。サブモニターには常時、株価チャートが表示されている。

部屋の隅には仮眠用のソファベッドもあったが、ほとんど使わないので荷物が乱雑に置いてあるだけだった。

悠二がなぜこんなマンションに住めるかといえば、デイトレードをやって稼いだからに他ならない。親の遺産を元手に試しに始めたが、見事に失敗した。それで必死になって勉強した。何事にも勉強が必要だと思い知らされた。そこから、徐々に積み重ねていって、人に自慢できるくらいの財産を築いたのだ。もちろん公言はしないが。
悠二はチェアにドカッと座り、両手で顔を覆った
「……やばい……あの娘《コ》は中学時代の深雪にそっくりすぎる」

◇　◇

星羅は改めて部屋を見回した。

(叔父さんの家がこんなに広いとは思わなかった。本当にお金持ちだったんだ)

予想以上に瀟洒《しょうしゃ》な外装にまず驚いた。

大きさのわりに世帯数が少ないことにもビックリした。

(なんか生活感がないというか……でも……)

部屋にはかすかに悠二の匂いがした。

星羅はそれを嗅いでなぜか安心した。そのせいかずいぶんおしゃべりになってしまった。

(この部屋はあんまり匂いがしない)

部屋には真新しいデスクやベッド、ラックなどがすでに配置されていた。

星羅はベッドに座り、窓の外を眺めた。今度は思いきりため息が洩れた。どうしても両親のことを考えてしまう。

空港で両親を見送ったときのことを思い出した。出発ゲートに消えていく二人を見ながら、叔父はいまだ戸惑っているように思えた。星羅は少し不安になった。

何年も前に法事で会ったときが最後のはずだ。

叔父は相変わらず目鼻立ちの整っている父親に似ていた。だが性格は正反対だ。いきなり姪を預けられたら、不安になるのも当然だろう。しかし、両親は叔父を信頼しているから、自分を預けたのだ。

(大丈夫よ。自分で決心したことなんだし)

星羅は頰を軽く叩くと自分を叱咤激励し、ベッドに寝転がった。

(これからは叔父さんとしばらくいっしょに暮らすんだ。家族になるんだから)

叔父は髪を整髪剤で整えていたが、よく見ると後頭部に寝癖がついていた。

帰りの車の中で、星羅は沈黙に耐えられなくなり、必死で話しかけたが、悠二は生返事だった。

マンションに着いてからも、星羅は無理やりはしゃいでみせたが、悠二は終始困った感じだった。

星羅はどちらかといえば、周りからちやほやされて育ったので、悠二のような反応は初めてかもしれない。

周囲の反応で、幼い頃から自分は容姿に恵まれていることに気づいていた。

街を歩けば知らない大人たちからジロジロ見られ、盗撮されたことも一度や二度ではない。高学年になって身体が成長してくると、男たちの陰湿な視線を嫌でも感じるようになった。

しかし、悠二はそれとは違う気がする。

ウジウジ考えても仕方がない。

（こんなの、わたしらしくないよね）

星羅は事前に発送してあった段ボールの荷ほどきを始めた。

「よし、やるぞ！」

星羅は努めて明るい声で言った。

◇

「叔父さんのこと、なんて呼んだらいいかな？」

夕食のとき、星羅が質問してきた。

今日はラフな格好をしている。白いシャツに水色の薄手のカーディガンを羽織り、ピンク色のホットパンツを穿いていた。生地は薄くて柔らかそうだ。

つまり自然と身体の線が浮き上がることになる。

以前、会ったときは平たかった胸が今は明らかに膨らんでいる。

「……」

悠二は自分の家にいるのに借りてきた猫になったような気がした。

テーブルには有名ホテルのディナーが並んでいる。悠二がスマホでオーダーしたものだ。料理は自宅にあった皿に盛りつけられている。

どうしても星羅と深雪とを重ね合わせてしまう。

深雪は天真爛漫に振る舞い、悠二に微笑みかけてきたものだ。

『隣の席だね。よろしくね！』

教室の窓から、満開の桜が見えた。

それ以上に美しい深雪の微笑みに悠二は簡単に恋に落ちた。初恋だった。そのときのことを今でも鮮明に思い出すことができる。

「叔父さん!?」

「ん？」

悠二は現実に引き戻された。

そこには、テーブルに両手をついて身を乗り出し、悠二の顔を覗き込む星羅がいた。

シャツの襟が垂れ下がり、双つの膨らみの裾野が見えた。

慌てて視線をそらして食事に集中しようとした。

「……」

「もしかして、よけいなことをしたかな？」

沈んだ声がした。

「いや……うちにこんな皿があったことに驚いてたんだよ」

悠二のそっけない返答に、星羅が少し頬を膨らませて怒っているようだった。

思春期の少女の機嫌は、山の天気のように変化しやすいのだろう。

「お皿はあったけど、他の調理器具はないし、冷蔵庫には水しか入っていないのに、エスプレッソマシンだけあるなんて信じられないよ」

「独身の男なんてこんなもんだよ」

「そんなことないよ！」

女子中学生に全力で否定されてしまう。

よせばいいのに、悠二はなぜか言い訳をしていた。

「食事なんかはプロが作ったほうが美味いんだから、他人に任せてたほうがいい。俺は自分にしかできないことをする」

「叔父さんのできることって何？」

悠二は虚をつかれて返答に戸惑った。

トレーダーとして大金を稼いだのは事実だが、それが才能といえるのかどうか。

悠二は兄の修一とずっと比較されて育ってきた。

教師や父の心無い言葉を今でも思い出すことがある。兄は優秀で、何事もソツなくこなすタイプだった。そのせいか、何か一つのことに執着することはなかったが。

逆に悠二は一つのことを努力しないと周りに追いつけないタイプだった。両親が優秀な兄のほうを可愛がったのは当然かもしれない。

「……」

「あ、ごめんなさい」

思わず言葉に詰まったので、それを気遣った星羅が謝ってきた。

子どもに気を遣わせるとは情けない。

なにか言わなければと思ったが、気の利いた言葉が見つからなかった。

「もうお腹ペコペコだよ。早く食べましょう」

また星羅が気を遣った。

「……うん」

「さすがプロの料理だよね。美味しそう」

いつも食事に関心がなかったが、今日はいちだんと味がよくわからなかった。

◇ ◇

「俺は先に寝るね」

まだ二十一時前だというのに悠二がそう言ってきた。

やけに早いと思ったが、疑問を口にする空気ではなかった。

「おやすみなさい」

「おやすみ」

そう言って悠二は寝室に入っていった。

今日は引っ越し初日だから、多少歓迎されるのかと思っていた。想像して気恥ずかしくなったくらいだ。だが……。

肩透かしを食らった。

星羅は気持ちを落ち着けようと浴室に向かった。

浴室に隣接する脱衣場も広かった。洗濯機の横にランドリーバスケットがあり、そのカバーにメモがあった。

『洗濯物はここに入れてください。クリーニングはコンシェルジュに頼みます』

手書きの丁寧な字だった。

こんなこと口で言えばいいのにと思ったが、叔父の性格がだんだんわかってきた気がした。

（……かなりの口下手《べた》なんだ）

星羅は思わず苦笑した。

「なにもですます調じゃなくていいのに」

服をゆっくりと脱いでいく。パンティは躊躇したが、洗濯しないわけにはいかないと自分に言い聞かせた。

広い脱衣場で裸になるのが妙に気恥ずかしかった。

近頃、手足が急速に伸び、乳房の膨らみも目立ってきたという自覚はあった。

大きな鏡の前に立った。

「……」

胸を覆っていた手を離してみる。

マシュマロのような双つの乳房がまろび出た。白い身体が美しい曲線を描いている。身体を反らせると、お尻が後ろにポンと突き出ている。大きいお尻はコンプレックスだったが、いつのまにか腰に手を当て、うっとりと見入っていた。

「……わたしって可愛い？」

そう口にしてから、頬を真っ赤に染めた。

自分の身体を抱きしめて浴室に入った。広いのは当たり前だが、セラミックのパネルで覆われた壁と天井との隙間から上品な照明が浴室の雰囲気をラグジュアリーなものにしていた。壁には大きなモニターまであった。

星羅はシャワーが設置されているタワーのようなものに近づいた。そこにはパネルがあって、シャワーの種類を選択できた。とりあえず、オーバーヘッドシャワーのボタンを押したとたん、天井からシャワーが降り注いだ。思わず小さく悲鳴をあげ、あとじさりした。

（自宅にこんなシャワーがあるなんて……）

ハンドシャワーに切り替えて、いつものように身体を洗っていく。一通り洗い終えると、身体にフィットするようデザインされた浴槽に腰を下ろした。

（ここなら家族全員で入っても余裕があるよ。それにいい匂いがする……）

乳白色のお湯は少し粘り気があったが、不思議と肌に馴染《なじ》んで心地よかった。

リラックスしてくると、星羅は自分が今まで緊張していたことに気づいた。

身体を伸ばして軽くマッサージしていく。湯の上に乳房が浮き出てきた。ピンク色の乳頭が小生意気にも小さく尖っている。

「……」

少し触れてみたら、チリッと電流が走った。

ぴくんと全身が震え、水面が乱れた。

一度、指を離して、今度は恐るおそる乳首を摘んでみた。何とも言えぬ刺激が身体中を駆け抜けた。コリコリとした乳首を転がすと、たちまち快感に包まれる。

「……んん」

身体の芯からじわじわと熱くなってきた。

乳豆を弄《いじ》る指の動きが激しくなった。いつのまにか、両手の指で双つの乳頭を摘んだり、転がしたりしていた。さらには乳房全体を揉みだした。

いつもならちょっと押し込むだけで、張りや痛みを感じるのに、今は熟れかけの果実のようにほどよく柔らかく、適度な弾力もあった。

頭の奥から痺れるような快感が駆け抜けていく。

「んあぁ……あぁ」

甘い声が漏れ、慌てて口を閉じた。

（こんなところで、はしたない声をあげてはダメ……）

指の動きを止めたらいいことはわかっていた。

だが、思いとは逆に反対に指に動きは激しくなっていく。

胸の谷間が、じんわり熱を帯びてくる。

星羅は夕食のときのことを思い出していた。

（叔父さんもやっぱり男なのかしら……わたしの胸をチラッと見ていたわ）

こちらの視線に気づいてすぐに目を逸らしたが、星羅は確信していた。

（まるでクラスの男子みたいな反応だったなぁ……）

そう考えると、悠二が少し可愛く思えてきた。

星羅は手を白い湯の中に潜らせた。それと同時に脚を開くと湯船から膝小僧が顔を出した。

そのまま秘部にそっと触れてみる。

手のひらに肉の盛り上がりの感触があった。少し触れただけで乳房の比ではない快感が幼い身体を走り抜けた。

「……ひゃん」

すでに初潮も迎えているため、星羅もこの性器の意味も当然知っていた。しかし、保健体育の授業で習っただけで現実感がまるでなかった。

去年の春くらいだったか、クラスの男子が耳打ちしてきたことがあった。

「オマ×コって知っているか？」

周りにいた女子が敏感に察知して押し黙ってしまった。場の空気が凍りついた。だが、星羅は本当に何も知らなかったのだ。

「ううん、なにそれ？　家に帰ったら、家族に聞いてみるよ」

そう答えると、今度は質問してきた男子が動揺していた。

結局、その日の放課後、同じバドミントン部の女子から言葉の意味を教えてもらったのだった。あのときの恥ずかしさは今でも忘れられない。

しかし、そのときからずいぶん自分は変わってしまったものだと思う。星羅は自らの意志で秘唇に触れているのだから。もちろん、性的な意味で。

湯がさらに揺れた。

「んん、んなぁ……くひぃ」

鼻から甘い喘ぎ声が漏れてしまう。

乳房の揉み方も激しくなり、大きく円を描きながら、乳首を捏《こ》ねくりまわした。

「んあぁ」

星羅は上体を倒した。股間の二枚の肉畝を圧迫する力が増した。

身体が熱くなり、目眩《めまい》がしてきた。

「お……オマ×コが……熱い」

掠《かす》れた声であえて卑猥な四文字を口にした。

お腹の奥がさらに燃え上がった。

しかし、同時に未知の快楽も押し寄せてきた。それには抗《あらが》えそうもなかった。

星羅は自分がはしたないことをしているとわかっていても、止めることができなかった。それどころか、もっとあの四文字を口にしたい衝動に駆られてしまう。

心の中で、オマ×コ、オマ×コと叫んでいた。

「あ、あくぅ……あぁん、わたし、変態なの？」

背筋がゾクゾクした。

乳首を楕円形に歪むほど強い力で摘んでいるのに、痛みよりも快楽のほうが勝っていた。

星羅は肉畝の狭間《はざま》に、ゆっくりと指を滑り込ませた。

指の腹に何かヌルヌルした粘膜が触れた。

会陰から恥丘に向かって指を這わせると、途中でコリッとした突起に軽く触れた。

その瞬間、落雷に打たれたかのような衝撃が走り、背筋を弓なりに反ってしまう。

「ひぃ、な、なに？」

星羅は立ち上がった。

自分の股間を覗き込んだが、よく見えなかった。

ベンチカウンターに腰を下ろして、ゆっくりと股を開いていく。そして、申し訳程度にしか生えていない大人の象徴をかき分けた。

「ーーッ!?」

ピンク色の小陰唇が小さく口を開きかけていた。

自分の秘部の構造を改めて知り、鼓動がいっそう高鳴った。

小陰唇は絶えずヒクヒクと蠢《うごめ》いていて、止めようにも星羅の意思をいっさい受けつけないようだった。自分の身体の中にある異物。だが、好奇心に抗えず、さらに腰を曲げた。

左右の花びらが性器の上で重なり合い、三角州のようになり、薄い包皮が捲れていた。

そこから小指の爪ほどの小さい突起が頭を出していた。

「……」

星羅は魅せられたように、肉豆の頭をそっと撫でてみた。

「くひぃー」

それまでの快楽の度合いが一瞬で更新された。

最初こそ丁寧だったが、次第に乳首を転がすように指で摘んで弄りだした。

「あー、あひぃ、いいッ」

月のオリモノのが膣胴を垂れてくるような感覚があった。

そっと手で掬《すく》い上げると、それは透明な粘液だった。糸を引きながら落ちている。

(これがわたしの身体から?)

そう思うと、少し不安になった。何かの異常ではないのだろうか。

だが、それよりも未知の快楽に流されるまま、あと少し、もう少しと突き進んでいった。

子宮の内部でマグマのようなものが煮えたぎっていた。爆発するかもしれないという恐怖と、爆発させてみたいという好奇心がせめぎ合った。

「んん、あぁ、オマ×コが……オマ×コが」

羞恥心と快楽が熱い血潮となって全身を駆け巡った。

「んんんんん！」

星羅は背筋を伸ばし、脚を痙攣させた。

初めての絶頂に達した身体が、内部から破裂してしまいそうになる。

真っ白になった頭の中で、火花が炸裂した。

全身の汗腺が開いて汗が噴き出し、官能の炎が皮膚の下をチリチリと焼いた。

「はぁ、はぁ、はぁ」

息を整えていくと次第に冷静になってきた。たちまち罪悪感が押し寄せてきた。

顔から火が出るほど熱くなった。

「わたし、なんて……なんて恥ずかしいことを……」

◇

「じゃ、放課後、よろしくお願いします」

星羅がためらいがちに話しかけてきた。

「迎えに行くよ」

はにかんだ姪はおずおずと尋ねてきた。

「制服はおかしくないかな？」

中学校のセーラー服がよく似合っていた。私立のお嬢様学校の伝統的なもので、濃紺のスカートは膝丈まである。その上に白色の半袖セーラー服を合わせるのだ。そこまでは何の変哲もないデザインだが、セーラー襟が特徴的で、他校に比べてサイズが小さく、校章である百合の花が刺繍《ししゅう》されていた。

セーラー服から健康的な腕が見えている。星羅が腕を上げたりすると、隙間から腋《えき》窩《か》が見える。無毛の白い肌だ。

スカーフは白色で、清楚を絵に描いたような制服だ。

彼女には抜群に似合っている。だが、それを口にできなかった。

「……」

しかも、いまだに名前を呼べなかった。

「新しい家から登校するのは何だか変な気分」

星羅が朝からソワソワして、慌ただしく出かけていった。

引っ越したら学校まで電車で十五分くらいで行ける距離になった。

（さすがは……兄さんの娘だな。俺はあんな名門校に受からなかったはずだ）

悠二は好きなエスプレッソを飲みながら、「仕事」に取りかかった。

しかし、集中できなかった。

原因ははっきりしている。星羅の存在だ。制服に身を包んだ星羅の姿が忘れられないのだ。

いや、正確には星羅の母親である深雪の姿が目に浮かんでしまう。


悠二が中学二年のときだった。

「ねぇ、聞いてくれた？」

深雪が振り返って机に両肘をつき、顔を近づけてきた。

セーラー服の胸当てがないので、女子が前のめりになると、襟の隙間から白い乳房の谷間が見えた。

それだけで興奮してしまう。

「な、何のこと？」

「もう、ちゃんとお願いしたじゃない……お兄さんのことよ」

「……アニキに彼女がいるかなんか知らないよ」

「しっかり覚えてるじゃない」

深雪は修一に関心があるようだった。

弟の目から見ても、五歳年上の修一は文句のつけようもない男だった。成績優秀でスポーツ万能。さらに兄弟なのにパーツの位置の違いのせいか、顔面の優劣に明らかな差があった。

女子からモテて当たり前である。

しかし、完璧に見える修一にも欠点があった。女性関係が長続きしないのだ。兄が連れている女はいつも違っていた。

そしてどの女子も美人だった。何が不満なのか理解できなかった。

そんな兄に深雪が強く惹かれている。

『お兄さんはどんなものが好きなの？』

『いつもどこで遊んでるの？』

『休日は何をしている？』

いつもそんな質問ばかりだった。頬を染めて恥じらってはいるが、修一に恋しているのは誰の目にも明らかだった。

そのたびに、悠二は逆に聞き返したくなった。

「俺が君のことを好きだと知ってる？」

だが、それを口にすることできなかった。

「ねぇ、聞いてる？」

「……アニキのことなんて知らないよ」

「兄弟なのに、なんで知らないのよ！」

深雪が傷つく姿を見たくなかったのだ。

もし、あのときもっと大人だったら対応が違っていたかもしれない。

相談に乗るうちにもっと親しくなって自分の魅力をアピールできたかもしれない。

兄と付き合って幻滅した深雪を慰めることで恋愛に発展したかもしれない。よくある話だ。

だが、中学二年生の男子というものは、常に選択を間違える生き物である。

「アニキの話なんかもうたくさんだ」

当時を思うと、切なさと愛おしさで胸が締めつけられそうになる。

ふとモニターを見ると、放置していた株が高値に転じていた。条件反射で売却した。普通に働くのが馬鹿馬鹿しくなるような利益が一瞬で出た。

しかし、悠二には充足感というものがまるでなかった。

その後は何するでもなく椅子に座ったままでぼーっとしていた。うたた寝をしたのかもしれない。

そのとき、アラームが鳴った。

「もう、こんな時間か……」

悠二は愛車のジャガーで星羅の学校へと向かった。

お嬢様学校に近づくと、エスカレーター式の学校ということもあり、同じ制服を着た少女たちの集団がいた。

この年頃の少女たちの白い下腿や黒髪がとても魅惑的に見えた。

ちょうど校門の脇に一人の少女が立っていた。

ひと目で他の子と違う輝きを放っていた。

◇　◇

校門で待っていると、約束の時間に五分ほど遅れて、高級そうな外車に乗った悠二がやってきた。

目立つので、次からは学校から少し離れた場所で待ち合わせようと思った。

「……」

助手席に乗り込み、横目で悠二を見た。

（叔父さんは社交辞令ができないのね）

父は運転するときは多弁である。

しかし、悠二はまっすぐ前を見据えて運転している。まるで運転手のようだ。

「叔父さん、迎えにくるのは恥ずかしい？」

赤信号で停まっているとき、思いきって話しかける。

おどけるようにして上半身を前のめりにすると、シートベルトが胸の谷間に食い込んだ。

「……あぁ」

朝と同じで沈黙したままだが、星羅はさらに話を続けた。

「叔父さんって、お母さんと同級生だったんでしょ？　卒業アルバムで若い頃の叔父さんを見たことがあるよ」

「へぇ」

「制服はお母さんとどっちが似合ってる？」

「……」

どうして沈黙したままなのだろう。

たいした質問じゃない。ただの雑談でいいのだ。沈黙に意味が生まれ、重苦しい空気になってしまう。

信号が青になった。

「同じくらい似合っているよ」

「ふーん」

星羅は窓外の風景を眺めた。

精一杯の褒め言葉なのだろう。そう思うと、よけい悠二を意識してしまうのだった。

その後、塾に着くまで二人に会話はなかった。

◇

星羅がうちに来てから一週間が経《た》った。

じつはトレーダーの朝は早い。新聞を目を通すことから一日が始まるからだ。と言っても、紙ではなくデジタル版をタブレットで読むことにしている。

やがてキッチンから何やら軽快な音が聞こえてきて、美味しそうな匂いもしてきた。

こっそり覗くと星羅が服の上にエプロンを着て、料理に勤《いそ》しんでいた。予想以上に手際がよかった。鼻歌を歌っているが、悠二には何の歌かわからなかった。

なんて声をかけていいかわからず、悠二はそのまま部屋に戻った。

星羅が呼びにくるのを待ったが、ついに登校時間になった。部屋から出ようとしたところで、扉にノックがあった。ドアを開けると星羅がいた。

「……」

「……」

互いにぎこちない笑顔だった。

「と、トイレに行こうかと」

「朝食を作ったから食べてね」

「朝食もサービスを使うといい」

「それだと味気ないから、コンシェルジュさんに言って止めてもらいました」

星羅はいつの間にかコンシェルジュの女性とすっかり仲よくなっていた。

呆気にとられていると、星羅は「いってきます」と言ってそそくさと玄関から出ていった。

キッチンのテーブルには料理が並べられていた。なんてことはない卵焼きと漬物が置いてある。味噌汁も作ってくれたようだ。

「いただきます」

悠二は久しぶりにそのセリフを言った気がする。

料理はシンプルだが美味しかった。

テーブルに弁当箱があることに気づく。星羅が忘れたのかもしれない。手に取ろうとしたとき、メモが落ちた。

『お弁当を作ることにしました。叔父さんのも作ったけど、口に合わなかったら、無理して食べなくていいです』

大丈夫だ。朝食がこれなら、弁当もさぞかし美味いことだろう。

悠二は自分が微笑んでいることに気づいた。


夕方、学校から少し離れた路地で待っていると、星羅が車に乗り込んできた。

「それで、わたしの料理はどうだった?」

星羅は目を輝かせている。

「美味しかったよ」

「本当に？　どれが美味しかった？」

「朝のお味噌汁。ダシが絶妙だ。あとは卵焼きも美味い。お母さんから教えてもらったのか？　お弁当も驚いた。ピーマンとベーコンの和《も》え物がなかなかいける。あれは胡麻《ごま》味噌かな。お世辞ではなく美味しかったよ」

饒舌《じょうぜつ》すぎたせいか、星羅が戸惑っているようだ。

「てへへ。きっと素材がいいんだよ。どれも高級なんじゃないかな」

星羅は謙遜してみせる。

もっと話したかったが、塾に到着してしまった。

この塾も今日までで、来週からは別の塾に通うことになる。少数精鋭教育を謳《うた》い文句にしているところらしい。送迎も今回で終わりだった。

少し残念な気持ちでいると、星羅が微笑んできた。

「叔父さん……塾が変わっても、送り迎えをしてくれると嬉しいな」

「そう？　もちろん送迎は続けるよ」

「ありがとう。じゃ、いってくるね。帰りは友だちとお茶するから少し遅くなるかも」

「じゃ、終わったら連絡してくれ」

時間があるので帰宅しようと思ったが、たまにはカフェに立ち寄ることにした。

ちょうど塾が見える席に陣取った。出入りする少年少女を眺めていた。店員は悠二のことを不審人物と思ったはずだ。しばらくスマホで海外の市況を調べていた。

時間が経つのを忘れて没頭してしまった。

（しまった！　そろそろ時間だ）

悠二は会計を済ませると、駐車場に停めてあったジャガーに乗り込んだ。エンジンをかけようとしたそのとき、星羅が数人の生徒に囲まれているのが見えた。

一人の少年が星羅の前に立ち、何やら話しかけている。周りの少女たちは肩を叩きあって、はしゃいでいる。星羅はじっと俯いてたままだ。

（イジメ!?）

すると少年が星羅の肩をいきなり摑《つか》んだ。

次の瞬間、顔を星羅に近づけた。周りの女子がいっそう囃《はや》し立てている。

（き、キス!?）

直後、星羅は動揺したようにその場を離れた。

そして悠二の車まで一目散に走った。車の助手席に飛び乗ると、

「出して！」

と慌てた声で言った。

◇　◇

振り返るとキスをしてきた男子は満面の笑みだった。
星羅は口を拭《ぬぐ》った。
最悪だった。
「……」
悠二の顔を盗み見ると、前を向いたまま運転している。
いつもどおりと言えば、いつもどおりだが、どこか刺々《とげとげ》しい雰囲気があった。
さっきのキスを見られたのかもしれない。
あれはファーストキスだった。しかも、合意なしの。
「……」
悠二に事情を説明しようにも、何と言っていいかわからなかった。
（叔父さんがファーストキスの相手だったらよかったのに）

星羅は自分の本音が怖くなった。

（もしかして、わたしは叔父さんのことが好き!?）

七歳のときにキャンプで迷子になったことを思い出した。

雨も降ってきて、岩穴に隠れて泣いていた。大声を出しても、誰も来《こ》ず、ざわめく木々の音が怖くて仕方がなかった。お腹も空いてきた。このまま夜になれば、動物や、あるいは得体の知れぬ化け物が現れるにちがいない。

だが、そのとき、現れたのは悠二だった。

それまで寡黙な悠二のことが苦手だったが、星羅の姿を見つけた瞬間、破顔して「よかった。よかった」と言って抱きしめてくれた。それだけで、星羅は安心した。

星羅も悠二にしがみついた。

（これは、好きってわけじゃないよね？）

過去を思い出すと、星羅の胸はドキドキと高鳴った。

◇

悠二は寝つけなかった。

目を閉じると、昔のことを思い返してしまう。

深雪は兄の修一に告白して、付き合うことになったのは中学二年が終わる頃だった。それを知ったのは、彼女が悠二の家に遊びに来たときのことだった。

もちろん、彼女は悠二の部屋ではなく、兄の部屋へと消えた。

思わず壁に耳を押しつけ、様子を窺った。

ときおり聞こえる深雪の艶やかな声に、心が引き裂かれそうになった。兄は深雪の白い太ももを撫で、乳房を鷲摑み、誰も知らない下半身を愛撫して、男の熱くなったものを秘穴に挿入しているにちがいない。そして処女を奪ったのだ。

悠二は悲しみのなか、己の肉棒を擦った。

何度、絶頂に達したかわからなかった。


時計を見た。

朝の四時だった。あと一時間半で起きなければならない。

ベッドの中にいても、悶々とするばかりだ。

悠二はシャワーを浴びて気分転換することにした。

いつもより熱いシャワーを浴びていると、頭の中の靄《もや》が晴れてきた。

だが、同時に逸物がムクムクと大きくなるのを感じた。

しかも、驚くほど高くそそり勃《た》ってくる。

鎮めようにも収まらず、雁首を重たげに上下に揺らした。

(そう言えば……星羅が来てから一度も抜いてなかったからな)

久しぶりに自慰でもするかと考え、悠二は脱衣場で服を着た。

何気なく洗濯機の中を覗いた。

「!?」

そこには星羅の服とピンク色の布切れが見えた。

気づいたときには洗濯機を開けて、それを手にしていた。

ピンク色のギンガムチェック柄で素材はコットンだった。驚くほど小さい布切れは、予想どおりパンティだった。

手が震えた。裏返してみると、二重になったクロッチの部分にレモン色の染みが広がっていた。

恐るおそるそれを鼻に押し当てて、思いきり吸い込んでみる。

「くぅ、なんて匂いだ!」

アンモニアの香ばしい匂いと若牝の甘酸っぱい香りがブレンドされていた。

脳が揺さぶられるような感覚とともに、肉棒が痛いほど勃起した。

気づくと肉棒を擦りだしていた。

カリ裏を摩擦するだけで、火花が散るような快楽が襲ってきた。

(これじゃ、オナニーを覚えたての中学生みたいじゃないか！)

暗い衝動を止めようにも止められない。

最近、年齢のせいか性欲も減退し、射精も予定調和の快楽にすぎなくなっていた。

しかし、今は突き上げる衝動に呑み込まれそうなくらいの快感を味わっている。

あと少しで絶頂に達するというところで、何か物音がした。

「……叔父さん」

振り返ると、パジャマ姿の星羅が呆然と立ち尽くしていた。

怪訝《けげん》な視線が下がっていく。当然のことながら、そこには悠二のペニスとパンティがある。

慌ててズボンを引き上げた。

同時に星羅が踵を返そうとした。

「待ってくれ！」

逃げようとする彼女の手を摑んで、引き寄せた。

身体を反転させたときに、バランスを崩し、星羅の乳房を摑んでしまった。なんとノーブラだった。パジャマの柔らかい生地の下に、乳房の弾力をダイレクトに感じとった。

二人は同時に身体を硬直させた。

「ごめん、なんというかその……」

釈明しなければならないのに、うまく言葉が出てこなかった。

「こ、こっちこそ、ごめんなさい」

「いや、せ、せい……君が謝ることじゃない……俺が悪いんだ……」

悠二はしどろもどろになった。

緊張がピークに達したとき、何がおかしいのか星羅が微笑んだ。

その表情が深雪にそっくりだった。

悠二の理性が一瞬で吹き飛んだ。

「きゃあ！」

気づいたら、星羅を抱きしめていた。

「いッ、痛いです……」

「あ、すまない」

「謝ってばかり。ふふ……」
星羅が意味深に目を閉じた。
悠二は星羅の艶やかな唇に自分の唇を重ねた。
少しぽってりした唇は温かく、果実のような瑞々《みずみず》しさがあった。
下半身に稲妻が走った。欲望に負けそうになるが、悠二も大人だ。
(俺は何をやっているんだ！　これはマズい!!)
しかし、今度は星羅のほうから悠二に抱きついてきた。
完全に理性の糸が切れた悠二は星羅の背中を抱きしめた。
十四歳の背中は驚くほど華奢《きゃしゃ》で、折れてしまいそうだった。
よりいっそう熱心にキスをしながら背中を撫で、首筋にタッチしてみた。
「んんん……」
星羅が甘えるように口を尖らせてきた。
閉ざされた唇を舌先で軽くつつくと、ためらいがちに開きはじめた。
焦る気持ちを抑え、星羅の口の中に舌を滑り込ませた。
(うぉ、なんて温かいんだ、舌がトロケそうになる)
しかも、ほのかな甘みも感じた。悠二は星羅の緊張している舌をなぞった。星羅がゆっくりと反応しはじめたかと思うと、舌を絡めてきた。

恥ずかしさを隠そうとしているようだった。

(深雪も……兄さんとのファーストキスはこんな感じだったんだろうか)

悠二はまるで初恋の相手を抱いているかのような錯覚に陥《おちい》った。

だが、意外なことに、大胆な星羅は悠二の股間に触れてきた。

最初はズボンの下で熱を帯びている肉槍をためらいながら触れる程度だった。しかし、次第に男根の形を確かめるように布越しに握ってきた。

「ああ……」

悠二は呻《うめ》き声をあげて、唇を離してしまった。

星羅が上目遣いで悠二を見つめてきた。言葉を失うほど魅力的だ。

目がキラキラと輝き、鳶《とび》色の虹彩はまるで宝石のようだ。無垢の象徴に思えた。それなのに、ズボン越しにペニスに触れてくる。もちろん、慣れた手つきではなかった。

だが、そのぎこちなさが逆によかった。

久しく味わっていなかった激しい快感に襲われた。

「わたしのパンツで何をしてたんですか?」

星羅は悠二のズボンを下ろしていく。テントを張ったパンツは先走り液で濡れている。

「……濡れてる？」

星羅はさらに目を丸くして、悠二の膨らみを見つめてくる。

亀頭が火傷しそうなほど真剣な眼差しだ。

「そんなにじっくり見ないでくれよ」

「どうしてですか？」

「大人でも……恥ずかしいからさ」

「わたしのパンツの匂いまで嗅いでいたくせに？」

星羅は少女とは思えないほど、色っぽい表情で小首を傾《かし》げた。

「あ、あれは、本当に申し訳ない」

「叔父さんにもたっぷりと罰を受けてもらいますから」

「うぅ」

「大きくしたってことは、興奮したんですよね？」

理由を知っているくせに質問してくる。

手の動きがさらに大胆になっていた。

一気にパンツを引きずり下ろした。反動がついた男根が腹を叩き、先走り液が飛び散った。

これにはさすがに星羅も驚いたようだ。

「……こんなに大きくなるの？」

少し右に傾いた肉棒には、うねうねと血管が浮き出ていた。

剝き出しの亀頭は赤紫色に艶めいていて、なにか獲物を狙うように上下に動きつづけていた。

星羅が男根をマジマジと見つめてくる。

こんなグロテスクな物を見て、嫌気が差しているのだろうか。

（そろそろやめたほうがいいかもしれない）

背伸びしたところで、しょせんはまだ少女だ。

「……うぉ」

そのとき、悠二は素っ頓狂な声をあげた。

なぜなら、星羅が肉棒を直《じか》に握ってきたからだ。

最初こそおっかなびっくりという手つきだったが、次第に熱を帯びてきた。

肉茎の張り具合や躍動する肉棒の反応を確かめるかのようにしている。いつのまにか、星羅は膝をついで、両手で擦りだした。
「うう……」
「どうかな?」
星羅は悠二を見上げながら、せっせとペニスを刺激する。
肉棒の反応を見て、どこが気持ちいいのか見極めているかのようだ。
星羅は短時間のうちに裏筋にウィークポイントがあることを発見したようだ。
(なんて恐ろしい子なんだ!)
会陰の奥で、官能のマグマが沸騰しはじめた。
このままでは、彼女の顔に濃厚な白濁液を吐き出してしまいそうだ。
それは避けなくてはならない。
「今度は俺が……」
腰が砕けたようになって、悠二は座り込むと星羅を抱きしめた。
続けざまに首筋にキスをした。
彼女の動揺と緊張が伝わってくる。
(当然だ。相手はまだ十四歳だぞ。俺まで中学生みたいにがっついてどうするんだ)
悠二はようやく冷静さを取り戻した。

じっくりと星羅の身体を愛撫していく。盛り上がった鎖骨を甘噛みしたかと思うと、耳元で甘い言葉を囁いだ。

「こんな綺麗な肌に触れたのは初めてだ」

「わたし……も、もう……うぅ」

星羅はどうやら首筋から背中が性感帯のようだ。パジャマを脱がせてみると、素肌が汗ばんでいた。

一気に花のような香りがあたりに漂う。

乳房はお椀形で見事な張りを誇っていた。Cカップくらいはあるだろうか。白い肌はほんのりピンク色がかかっている。乳輪は小さく桜色で、わずかな粒々が妙に艶めかしかった。

乳頭は大人のサイズほどはなく、思春期特有の未完成の尖り方だった。

(これが中学生のリアルなオッパイか!?)

鼻の奥がツンとするようないい香りに吸い寄せられた。

乳房を揉みながら愛撫した。乳房の麓《ふもと》から味わうように舐め、数えきれないほどキスをした。乳輪の周りをゆっくりと旋回しながら舌を這わせた。最後に唇で乳首を摘んで、舌先で転がした。

「あぁ、あぅ……おっぱいが」

「んむぅ……んん。こんなに綺麗なオッパイがあるなんて」

「そんなに、舐められたらおかしくなっちゃう」

「ちょっと立ってみて」

悠二は星羅を立たせた。

乳房への愛撫をやめて、腰を抱き寄せた。

ガラス細工のように華奢なウエストに驚いた。お腹には幼児の面影がなかった。

臍の周りを舐めてみると、皮膚は瑞々しく、若さが弾けそうだった。

舌を臍の中に侵入させて舐め回すと、星羅がくすくすと笑った。

「いいかな？」

悠二は彼女のパジャマのズボンを摑んで尋ねた。

「……うん」

少女は小さな声で頷いた。

悠二は彼女のズボンをずらした。可愛らしいパンティが露《あらわ》になった。

白を基調としたデザインで、サイドに飾りリボンがついていた。フロントの恥丘部分が、陰毛でわずかに膨らんでいたが、その下には愛らしい縦の一本筋が窺えた。

「濡れてるね」

「やん……恥ずかしいこと言わないで」

星羅は自分の胸を覆って腰をよじった。

「ああ、すまん」

悠二はパンティを膝まで下ろした。

予想よりも陰毛は薄かった。細い繊毛がわずかに生えている程度だ。ほとんど陰裂を隠す役割を果たしていない。むしろ、少女の割れ目を卑猥に飾り立てているくらいだった。

気づくとむしゃぶりついていた。

「きゃあ！」

星羅が愛くるしい悲鳴をあげた。

彼女は悠二の頭を押さえてきたが、本気の抵抗とは思えなかった。

割れ目の谷間を舌でなぞった。

「だめぇ、汚い……あぁ！」

「汚くなんかないよ。いい匂いだし、いい味をしている」

「バカ！」

どうやら言葉の選択肢を間違えたようだ。

（こんなにしゃべったのは何年ぶりだ？）

悠二は自分の饒舌っぷりに驚きながら、肉鞘を舌先でなぞっていく。

「はぁあん……ぁあ……オマ……そんなところを舐めるなんて」

星羅が何か口走りかけた。

内ももをこすり合わせ、膝もぶつけていた。

「そんなところってどこのことだい？」

悠二は自分の言葉に呆れながらも、星羅の花園を堪能した。

色合いは初々《ういうい》しく、すべてが小作りで繊細だった。身体の成熟度からするとアンバランスに思えたが、イソギンチャクの口のような膣口が収縮していた。成熟した女性と違って、まん丸い空洞ではない。そのため、複雑な形の入り口自体が、第二の処女膜であるかのように錯覚してしまうほどだった。

その狭隘《きょうあい》な穴から蜜汁が溢れ出ていた。

「変なこと聞かないで……あ、あぁ」

「ジュル、ジュルル……オマ×コ汁はとっても美味しいな」

「バカバカバカ！」

頭を叩かれたが、明らかに力が入ってなかった。

星羅は太腿を痙攣させ、股を開いたり閉じたりを繰り返した。もう少し星羅の様子を注視していたら気づけたかもしれない。だが、悠二は姪の花唇の魅力に脳が痺れ、まともな状況判断はできなくなっていた。

卑猥な音を響かせて、蜜汁を啜りつづけた。

肉棒に拍動を感じた。悠二は星羅の内腿を押し開き、割れ目を愛撫した。クリ包皮をゆっくりと剝き、顔を出した肉豆を転がした。

「あ、あぁ……だめ、だめぇ」

星羅の声が切羽詰まったものに変化していった。

(そろそろイクんだ!)

そう思った瞬間、兄の部屋から聞こえてきた深雪の喘ぎ声が蘇ってきた。

「あ、あんん……あぁ、なんか変な気持ち。おかしくなりそう」

「そういうときはイクと言うんだ」

「恥ずかしい、よ……んあぁ」

兄が深雪に教え込んだ言葉を星羅に命じていた。

「イク……イクゥ……あぁああ、イクイクッ」

「もっとだ、もっと言うんだ」

「あああああ、イクゥーーー、イクイクイクーーーーーッ!!」

オーガズムに達すると同時に星羅は蜜口から愛液を噴き出させた。

悠二は星羅に覆いかぶさっていく。

肉棒を押し当ててみて驚いた。亀頭だけで陰裂を半分近く覆ってしまうのだ。

(なんて、小さいんだ)

相手はローティーンの少女だ。

悠二は星羅の太腿を持ち上げて重ねた。その結果、星羅は体育座りのまま後ろに倒れたような体勢になった。

「叔父さん、ちょっと待って……」

「ひどいことはしないから」

悠二は腰を前に出し、肉棒を滑らせた。膣口にわずかに触れただけで、星羅の身体が硬直するのがわかった。

先ほどの夥《おびただ》しい蜜汁で、皮膚の滑りがさらに増し、心地よい温もりもあった。

悠二は素股をしようとした。

ピストン運動を開始すると、たちまち快楽の渦に巻き込まれた。

「あぁ、ダメェ」

星羅の重ね合わせた足裏が、悠二の顔を軽く蹴った。

だが、悠二はその足裏さえも愛おしく思った。親指を口に含み、舌で舐め回した。

ほんのりとした塩味と少女の香りがさらに怒張に活力を与えた。

――パン、パンッ!

男女の身体がぶつかり合う音が脱衣室に響いた。

先走り液が怖いほど溢れた。星羅の美しい腹に飛び散っている。

(なんて背徳的なんだ……だが、俺の積年の願いが……今……)

悠二は尻の括約筋を締めて、さらにピッチを上げた。

今にも射精しそうな勢いだった。興奮と快楽を少しでも長く味わいたかった。

「ああ……出る!」

「いやぁ!」

射精が始まった。最高の射精が。

ドクンドクンと心臓が鼓動するたびに肉棒が激しく唸り、濃厚な白濁液を吐き出した。

「ううウッ!」

なる。

「あ、熱ぃ。くひぃ！」

星羅の脚を左右からしっかりと押さえていないと、肉棒が飛び出してしまいそうに
いつ終わるとも知れぬ射精が続いた。

（こんなに魂まで持っていかれるような射精は何十年ぶりだ？）

星羅の脚を左右に開いた。

裸体は無残な有様になっていた。

久しぶりの射精だったこともあり、量も尋常でなかった。それが乳房や顔にまで飛び散っていた。白い肌にまとわりついた精液が卑猥だった。

星羅は目に涙を浮かべていた。

「叔父さん……わたしの名前を呼んで」

（……なんてことをしてしまったんだ！）

悠二はその場から逃げるようにして立ち去った。

第二章　処女の穴の締めつけ天国

◇　◇

星羅は悩みを誰にも打ち明けられずに悶々としていた。

親から電話があったが、何も言えず、新しい生活にも慣れてきたことを努めて明るく伝えた。

父も母も海外の異文化を楽しんでいるようだった。

あれから悠二は自室に引きこもるようになり、明らかに自分を避けていた。

だが、生真面目な性格の叔父は、生活のことで困らないようにあれこれ手配してくれていた。

（あれはわたしから誘ったのに……）

悠二が自分のパンティの匂いを嗅いでいるところを見たときは正直驚いた。どうしていいかわからず、思わず声をかけてしまった。その後の行動は自分でも信じられないくらい大胆だった。思い返すだけで、恥ずかしくて身体が火照ってしまう。

愛撫されたことを思い出すと、あのときの感覚が蘇《よみがえ》ってきて、股間が妖しく疼いて仕方がなかった。

◇

悠二は部屋でトレードに勤《いそ》しんでいた。

部屋にはトイレもシャワールームも併設してあるが、まさか、こんなかたちで役立つとは思わなかった。

夜はソファベッドで寝るようにしている。

何年も前に兄の一家とキャンプに行ったことがある。そのとき、自分が目を離した隙に星羅が迷子になってしまった。叔父である自分も不安で気がおかしくなりそうだった。結局、自ら発見することになったが、あのときの安堵感は今でも覚えている。

星羅との一件から一週間が経過した頃、不思議なもので、先物取引で巨額の利益を得た。

（……しかし、これでは問題から目を逸らしているだけだ）

悠二は姪のパンティで自慰していた変態だ。しかも、星羅を押し倒して素股プレイまでしてしまった。

（唯一の親戚の……俺が変態だとわかったら……星羅も生きた心地がしないよな）

悠二は星羅に不快感を与えないようにと自室に引きこもっていたが、彼女が希望するなら別のマンションを借りてもいい。

なんなら、自分が家を出ていってもいいくらいだ。

だが、引き取ったということはきちんと面倒を見ないとならない。

それなのに、彼女を困らせることをしてしまった。

星羅は健気《けなげ》にも料理を作って、部屋の前に置いてくれていた。

（兄や深雪に顔向けできない……）

相変わらず美味い味噌汁が心に染みた。

◇　◇

星羅は必死で考えた。

これまで悠二のことを本当に理解しようとしていなかったのかもしれない。

叔父の独身生活にわたしが転がり込んだら、それは誰でも戸惑うというものだ。

不満とまでは言わないまでも対応に困っていたのははっきりしている。

（料理はちゃんと食べてくれているけど、そんなにわたしと会いたくないのかな？）

そう考えると、悲しくなった。

（わたし……ちゃんと会って話がしたい……）

熱くなった頬を慌てて手で押さえた。

昔から悠二には親しみを感じていた。だが、もしかしたらそれは星羅の勝手な思い込みだったのかもしれない。叔父は自分を性欲の対象としてしか見ていないのかも。

あのときも、パンティの匂いを嗅ぎながら、勃起したペニスを擦っていた。あの硬いものが太腿の付け根に擦りつけられもした。

（叔父さんも男だから、ああいうことはするよね……それにしても、パパのよりぜんぜん大きかったわ……)

叔父のことを忘れようとしても、あの優しくはにかんだ悠二の笑顔がフラッシュバックする。

(叔父は私の初恋だったんだわ)

星羅は深雪の言葉を思い出した。

『女は当たって砕けろなの。わたしはそうやってパパをゲットしたんだから』

それについて深くは話してくれなかったが、中学時代のアルバムを見れば察しがついた。

星羅は自分の頬を叩いた。

(くよくよ悩んでいても仕方ないわ。叔父さんはきっとわたしのことが好きなはず)

星羅は勢いよく立ち上がった。

(わたしだって、もう子どもじゃないんだから)

思い立ったが吉日だ。

ベタだと思ったが、クローゼットからミニスカートを取り出した。

友人と勢いで買ったものだが、いざ穿くとなると、超ミニが恥ずかしくて一度も身につけていなかった。

半年ぶりに穿いてみると、さらに丈が短くなったような気がした。特にヒップの生地が引っ張られ、少しでも屈《かが》むとパンティが見えてしまいそうになる。

「……お尻が大きくなってる？」

触ってみると自分でも肉感的だと思った。

恥ずかしくて脱ぎたくなった。しかし、物は試しだ。顔を真っ赤にした星羅は身体の線が露《あらわ》になるキャミソールを着た。羞恥心で身体が火照ってしまう。

廊下に出たとたん、すぐに後悔が押し寄せてきた。

それでも我慢して夕食の準備に取りかかった。

すると不思議なもので、料理に集中すると、自分の姿を忘れてしまった。

手際よく三品作り、冷蔵庫から作り置きしてあった煮付けを取り出して、皿に盛り付けた。

（よく考えると、叔父さんは部屋に引きこもってばかりだから、この姿を見る機会がないじゃない！）

一人で食事をしていると、逆に虚しさが募ってきた。

（こうなったら、意地でも振り向かせてやるんだから！）

そう誓ったものの、それは一線を超えることを意味しているのだ。あの巨根を自分が受け入れることができるだろうか。

　ふとリビングにある両親の写真が目にとまった。

　急に罪悪感を覚えた。

「パパ、ママ。ちょっとわたし、悪い子になるから見ないで」

　そう言って写真立てを倒した。

◇

　一方、悠二も困惑していた。

　理由は二つあった。

　一つは、自室のトイレが故障してしまったことだ。

　コンシェルジュに修理を頼んだが、復旧にはかなりの日数がかかるという。

　そのため、悠二は部屋から出ざるをえなくなった。

　排泄欲だけはコントロールできない。どうしても、星羅と会う機会が多くなる。

　ここで二つ目の問題が浮上した。

　それは星羅の格好だ。

最近はやたらと大人びた姿でいることが多いのだ。

リラックスしているようにも見えるが、そうではない気がした。

星羅は身体の線が丸見えになる薄着姿だった。挑発的なミニスカートからパンティがチラチラと見えてしまいそうで、目のやり場に困った。特にまるまるとしたヒップの膨らみに視線が奪われそうになり、背後からむしゃぶりつきたくなるほどだ。

風呂上がりにバスタオル一枚で廊下を歩いているのを見かけたことがある。膨らみかけの乳房の谷間や、濡れた太腿が丸出しで、何とも言えぬいい匂いが漂ってきた。

（単に無防備なだけだろうか）

清楚な顔立ちのせいで、星羅の奇行は無邪気の証《あかし》にも見えたものの、どうしても誘っているようにしか思えなかった。思春期の少女が持つアンバランスなエロスに満ち溢れていた。

悠二は動揺を隠せなかった。

（破廉恥な女の子になったのは自分のせいだ……）

悠二はリビングで頭をかきむしって悩んでいた。

いま星羅は学校に行っている。

そのとき、修一と深雪の写真が倒されていることに気づいた。

何かの衝撃で倒れたのかもしれないと思ったが、写真立ては作りがしっかりしていて、そう簡単に倒れるようには思えなかった。

(もしかして、星羅か?)

そうとしか考えられなかった。だとしたら理由は何だろう。

(自分を置いて海外に行った二人を恨んでいるのか?)

あの服装や態度も反抗期なのかもしれない。

「……兄さん、深雪……俺はあの子にひどいことをしてしまった」

◇　◇

星羅は授業も上の空だった。

悠二を挑発しようと大胆な格好でアピールしたというのに、悠二は気づいてくれないようだった。この前は、リビングのソファで下着姿のまま寝てしまい、気づくと毛布がかけられていた。

少女のプライドは傷つけられてしまった。

「もう我慢できないわ!」

星羅は思わず机を叩いた。

教室が静まり返った。

「……どうしました？」

若い教師が怯えながら尋ねてきた。授業中だったことを思い出したが、引っ込みがつかなかった。

「気分が悪いので、早退させていただきます」

「は、はい。それはいけないですね。お大事に……」

教師も星羅の勢いに圧倒されたのか、すぐに了承した。

星羅はマンションに急いで帰った。

悠二は十五時すぎまで仕事をして、すぐに入浴して、部屋に引きこもるのが常だった。つまり、星羅が帰宅する時間には、すべてを完了していることになる。

悠二はきっと油断しているはずだ。

星羅はそっと玄関のドアを開けた。靴下のまま音を立てずに廊下を進んだとき、ちょうど脱衣所から悠二が出てきた。

「ッ!?」

「お話があります！」

星羅は勢いに任せて言った。

「……な、何？」

悠二は視線を合わせてくれない。いかにも居心地が悪そうにしている。無性にイライラした。

「どうして叔父さんはわたしを避けるんですか？」

怒ることに慣れていないので、星羅は言葉遣いが丁寧になってしまった。

「……君が望むなら、俺は家を出ようと思っている」

「どうしてそういう結論になるんですか？」

「俺は大人として最低なことをしてしまった。しかも、自分の姪に対して」

悠二は絞り出すような声で言った。

「なんで自分ばかり責めるの？　無理やりやったわけじゃない……」

「え？　じゃ、俺のことを嫌いになってはいないの？」

ようやく悠二が顔を上げた。

父親の海外赴任が決まり、星羅を悠二に預けることになったとき、親戚一同は深雪を暗に批判した。夫についていく必要などないのではないかと。それには叔父とはいえ独身男に星羅を預けることへの批判も含まれていた。子どもでもそれくらいの空気は読める。そのとき、悠二はずっと黙ったまま、まるで自分が叱られているかのように意気消沈していた。

今もあのときと同じ目をしていた。が、かえって母性本能がくすぐられてしまう。

「嫌いになるわけないじゃない！」

制服のまま悠二に抱きついた。

相手が戸惑っているのがわかった。星羅の背中に触れるか触れまいかと、手が空をかいているのがわかった。

じれったかった。だが、そういうところが好きなのかもしれない。

星羅は背伸びをしてキスをした。

ようやく悠二が抱きしめてくれた。

「んんん」

悠二の舌が、口の中に潜り込んできた。

あのファーストキスを奪った男子はとにかく不快だった。

それに引き換え、悠二のキスは……。

（やっぱり……叔父さんとのほうがうれしい）

強引さのうちに優しさが伝わってくる。いつのまにかセーラー服の内側に手が潜り込んでいる。

背中を擦りながら、首筋を指で刺激してくる。

身長差のせいで、悠二の唾液が舌を伝って垂れ落ちてくる。

本来なら汚いと思うはずなのに、脳が痺れたようになり、唾液をごくっと嚥下《えんげ》してしまう。どんどん身体が熱くなっていく気がする。

「はぁ、叔父さんのキス、上手すぎる」

お酒を飲んだことはないが、まるで酔ったようにふわふわした気持ちになった。

さらに息をつく暇もなく悠二が首筋にキスをしてくる。

「いやぁ……」

その言葉と同時に、悠二の動きが止まった。

「あ、ご、ごめん」

「違うの！」

「いや、姪っ子に俺はなんてことを……」

これでは堂々巡りだ。

「違うの。聞いて！」

「……」

悠二が驚いたような表情で星羅を見てきた。

今度は星羅が視線を逸らす番だった。

「……初めては脱衣所とか廊下は嫌だってだけ……それと……名前で呼んでほしいの」

「……星羅」

まっすぐ見つめられると、お腹の奥が熱くなった。

「この家に来て何日経ったと思うの？」

「すまない」

また謝ってはいるが、表情が違っていた。

星羅は微笑みながら悠二の頰にキスをした。

◇

悠二は星羅をどの部屋に連れていこうか躊躇した。

「寝室はどうかな？」

「叔父さんの引きこもっていた部屋がいい」

食い気味に星羅が希望したのは、「仕事部屋」だった。

誰も入れたことのない部屋に星羅を招くことになった。星羅はあたりをキョロキョロと見渡して、興味津々《しんしん》のようだ。

「宇宙船の中みたいだね」

パソコンとモニターだらけの部屋は確かにそう見えなくもない。

星羅がソファベッドを見やって、悠二をいわゆるジト目で見てきた。

「こんなところで寝ていたなんて信じられない」

「……俺の顔も見たくないだろうと思ってね……」

「そんなことないよ！」

顔を逸らそうとした悠二の頬を両手で摑まれた。

真剣な顔の星羅がいた。少し怒っているようでもあり、心配してくれているようでもあり、恋しているようでもある目に見えた。

「本当に……いいのか？」

「いいの。大丈夫。わたしが……お、叔父さんに……捧げるって決めたんだから」

「わかった」

悠二は再び星羅の首筋にキスをした。ミルキーな肌から少し塩の味がした。香りもいつもより濃かった。

「あぁ……いい匂いだ」

「あッ。ちょっと待って……シャワーを浴びたい」

「それはダメだ。星羅のありのままの匂いを嗅ぎたいんだ」

そう言ってセーラー服と肌着を捲くり上げ、ブラジャーを裏返した。

星羅は本当に形のいい乳房をしている。乳輪は小作りで鮮やかなピンク色。乳首が頭をもたげている感じが初々しい。乳房の周りには、ブラジャーのワイヤーの痕がうっすらと赤く残っていて、それが生々しかった。

その部分を舐めるとしっとりしていた。

乳輪に沿うように舌を這わせて、乳首を唇で摘んで転がした。

「んんんぁ」

「すごくいい味だよ。こんなに乳首がいじらしいとは」

「あー、叔父さん、変態っぽいこと言わないで」

確かに自分は変態だと悠二は思った。

血の繋《つな》がる姪を相手に、肉棒を痛いほど勃起させているのだから。始末の悪いことに、発達途上の乳房を愛撫しまくっている。

相手はまだ幼い少女だ。つい先ほどまで学校にいたのが匂いから伝わってくる。

背徳感がさらなる興奮をもたらした。

◇　◇

(やだぁ、恥ずかしい……こんなに汗をかいてるのに)

乳房を愛撫され、間髪入れずに揉まれると全身の力が抜けてヘナヘナになってしまう。

膣内を何かが流れ出てくるのが自分でもわかった。

パンティがぐっしょりと濡れて、割れ目に貼りついた。

(こんなの知らたくない)

だが、力でもテクニックでも悠二には敵《かな》わない。

それならと、星羅はごまかすために、悠二のスウェットズボンに手を入れて、いきり立った肉塊を掴んだ。

「んひぃ」

変な呻《うめ》き声をあげた悠二の動きが止まった。

その瞬間、星羅はさっと身体を離した。

「叔父さん、裸になって」

「裸になるのはいいけど、俺が星羅の服を脱がすのはダメかな？」

思わぬ提案に正直、背筋がゾクゾクした。

「叔父さんの変態ぃ！」

悠二は星羅の了解も得ないまま制服に手をかけた。星羅は恥じらいながらもますます膣穴から蜜汁を溢れさせてしまう。

星羅は胸を隠しながら、悠二が裸になるのを盗み見た。

身体は日頃の不摂生のせいか、筋肉質とはとても言えないし、臍の下から陰毛にかけて毛深かった。それに太腿にも父親と同じように無駄毛が生えていた。

自分とはまるで違う生き物のように思え、同時に強く惹かれた。そして逞しい男根にどうしても視線が引き寄せられてしまう。

肉竿には静脈が浮かび上がり、色合いも明らかに黒ずんでいた。グロテスクなはずなのに、どうしようもなく心臓が高鳴ってしまう。まるで本能が求めているかのようだ。

（わたしは……大人、大人なんだから）

星羅は何も言わず悠二の前に跪《ひざまず》いた。

「え？」

驚く悠二のペニスを摑むと、独立した生き物のような躍動感があった。

(近くで見たら、表面がツルツルしていて、先っぽが可愛いじゃない。なんだか透明なものが湧き出てる)

星羅は小さな口を開いて、亀頭を咥えようとした。

その瞬間、口の中にねばっとした苦味が広がって、さっそく後悔した。

しかし、予想以上に悠二が強く反応した。

「うう……」

母親と同じ歳の悠二が快感に身をくねらせている。

舌を亀頭に這わせると、さらに悠二の反応が大きくなった。

(……面白い。叔父さんはオチ×チンの裏が弱かったよね)

乳搾りの要領で、親指の腹を裏筋に這わせた。

ピクピクと肉茎が痙攣し、先走り液がトロトロと溢れてくる。

ただ、星羅の性知識は保健体育で学んだ程度だったので深くは知らない。

「叔父さん、なんかネバネバしたのが出てきたけど射精した？」

「それはカウパー氏腺液といって……精液とは違うんだよ。くぅ」

「へえ、そうなんだ」

星羅は再び肉棒を咥え直した。

確かに前回、悠二が自分の股間に男根を擦りつけて発射したときのことを思い出した。あのときは、白くて熱い、ドロっとした粘液が何発も飛び散っていた。

(あれが射精なんだ……ちょっと怖いけど、私が手伝って射精させてみたい)

星羅は先ほどよりペニスを深く咥えてみた。

イメージでは根元まで入ると思ったが、実際は半分も咥えられず、亀頭でつっかえてしまった。吐き気に襲われ、それ以上は呑み込めなかった。

しかも、顎が外れそうなほど太いものを口に収めているので、唾液が口の端から垂れ流れてしまう。息をするのも難しく、鼻で懸命に呼吸をすると、股間から牡ホルモンの饐《す》えた臭いが漂ってきた。

(臭いけど……不思議と嫌いじゃないかも……)

想像とはまるで違っていたが、チャレンジ精神旺盛なのが星羅だった。

「んちゅ、ぬむぅ……ぬむ」

上目遣いで悠二の様子を確認しながら、頭を前後に動かした。

(同時に舌を動かしたらどうだろう？　そうだ、オチ×チンの根元を手で擦ったらどうだろう？　あ、唾液で濡れてて滑りやすい。だったら、次はすばやく動かしてみたらどうかな？　うん、感じてるみたい。叔父さんのお尻がプルプル震えてる)

星羅はあれこれ試行錯誤しながら、あっというまにフェラチオのテクニックを学んでいった。

◇

悠二の会陰の奥で欲望のマグマがグツグツと煮立っていた。

最初こそぎこちなかった星羅の手や舌の動きが、次第に洗練されていく。このままでは口の中に射精してしまいそうだった。

(物覚えがいいってどころの話じゃないぞ！)

兄の修一は何をやらせても、ソツなくこなす人間だった。

深雪と恋愛関係になるまで、さまざまな女性と付き合っていたのも、ひょっとしたら女を泣かせるコツをすぐに摑んだからかもしれない。

その血を星羅は引き継いでいるというのか……。

（……本当に末恐ろしい娘《コ》だ）

だが、感慨に耽っている余裕は今の悠二にはなかった。

（このままだと、本当に星羅の口の中に爆発させてしまう）

悠二はいったん腰を引いた。

だが、離すまいと星羅が食らいついてきた。

（くそエロい……エロすぎる）

快感が凄まじく、頭の中がぐちゃぐちゃにかき回される。

（深雪も……こんな感じで）

いつものように情けないことを妄想しようとしたが、うまく深雪の姿を想像できなかった。すべて星羅に上書きされてしまったのかもしれない。

不思議なもので、長年の呪縛が解けたようで、清々《すがすが》しくさえあった。

ようやく星羅を一人の女性として見られた気がした。

思わず抱きしめて、思いあまって押し倒してしまったくらいだ。

「きゃん」

「ごめん。星羅があまりに可愛くて……思わず」

「本当？」

「本当だよ。これが証拠」

悠二は屹立した肉砲を見せつけた。

「これが……私の中に入るの？」

「そうだね……でも、無理しなくてもいいよ？」

「大丈夫」

そうきっぱり言って笑った星羅の顔は少し強張《こわば》っていた。

「それなら、ここをもっと濡らさないとね？」

悠二は冗談めかして言った。

「いいよ？」

思ったより明るい声が戻ってきた。さらに言葉を重ねてきた。

「またペロペロしてあげようか？」

「今度は、俺の番だ」

「え、どうやって？　きゃあ！」

悠二は星羅を抱き上げて、ソファにゆっくりと横たえた。そして、その上にのしかかっていく。そうやってシックスナインの体勢になる。

意図を理解した星羅が前に突き出された肉槍を口に含んだ。

悠二も小さい花園に口づけをした。

甘酸っぱい少女のフェロモンがむんむんとしている。

「叔父さんのカウパーなんとかがたくさん出ているね」

「星羅のオマ×コがすごく美味しいせいだよ」

「そ、それなら、叔父さんのオチ×チンも……負けてないわ」

「本当かい？」

「大人の味っていうのかな？」

星羅が可愛らしく答えた。

「じゃあ、これは子どもの味かな？」

悠二は陰核の包皮をぐるりと舐め回した。

透明感のある包皮が花が開くように捲れ返っていく。中から小さい陰核が顔を覗かせた。そこを舌先で優しくタッチするだけで、快楽のスイッチを押したように、蜜汁の量がたちまち増えていった。

一気に大人の匂いへと変化した。

「あぁ……暗くして……」

「わかったよ。ヤレクサ、照明を消してくれ」

部屋に置いてある音声アシスタントが反応し、明かりが消えた。

だが、モニターはついたままなので、幻想的な雰囲気になる。

「叔父さんはこんな部屋で寝ていたんだね」

「……ああ」

「なんか星空みたいね」

今までそんなふうに考えたこともなかった。

少女の初々《ういうい》しい発想が、愛おしくてたまらなかった。もしかしたら、自分と身体を重ねることで、その美しいものが失われてしまうのかと不安にもなる。

「……」

どうやら、星羅は悠二から何かを感じたようだ。

「叔父さん……もし、躊躇《ためら》っている理由がわたしの年齢なら……そんなことを気にしないで」

「……」

「わたしは、変わりたいの……ううん、変わらないといけないの」

悠二は言いたいことがたくさんあったが、すべて飲み込んだ。

彼自身も星羅と繋がりたかった。

「俺も君が欲しい。星羅を抱きたい」

◇　◇

星羅は恥じらいながらもソファの上で脚を開いていく。

悠二にも局部が丸見えになっていることだろう。そう意識するだけで、心臓がドキドキする。

（今さら恥ずかしいの？）

思いきってさらに太腿を開いてみる。

バドミントン部で鍛えているせいか、身体は柔軟なほうだった。容易に百八十度近く開いてしまう。

悠二がソファに膝を乗せた。

「……優しくするね」

「うん」

悠二がキスをしながら、星羅の股間に手を這わせた。

たちまち陰核を転がされてしまう。

（ああ……自分でやるのとではまるで違うわ……電流が走っているみたい）

喘ごうにも、唇を覆われているので、声にすることができなかった。

必死に悠二の舌に舌を絡め、星羅も熱いペニスを握り込んだ。

「おっきい！　こんなに硬くなるものなの？」

「星羅も興奮しているんだろ？　ここから熱いおつゆが出ているよ」

「やだ、叔父さんったら……オヤジ臭いこと言わないで」

「俺もオヤジだから」

そう言っておどけてみせる悠二が愛おしかった。

「もう叔父さんったら可愛い」

「か、可愛い？」

ぽかんとしている顔も可愛いと思うが、説明しても理解してもらえないだろう。

「ねぇ……いつまでも待たせないで……ほしいの」

星羅はすねた感じで訴えてみた。

すると、悠二はひくひくと痙攣する膨張した亀頭を押し当ててきた。

（本当に、こんな大きいのが入るの？）

不安がないではなかった。しかし、星羅は悠二と深く繋がって、もっと確かな絆《きずな》を感じたかった。

「じゃ、いくよ?」

「うん……きて」

悠二が腰を突き出してペニスを押しつけてきた。

だが、肉茎がつるんと滑って、逸れてしまった。

膣の入り口付近に痛みが走ったが、あえて身体の力を抜くように努めた。

「んんん」

星羅は呻いた。やがてゆっくりと亀頭が侵入しだすと、とたんに鋭い痛みが走った。

(もう処女膜が破けたの?)

星羅にも多少の知識はあったが、具体的に膣のどの位置にあるかまでは知らなかった。

「もう亀頭が入ったよ」

悠二の動きが止まった。

「ふぅ……ふぅ……」

恐るおそる陰部のほうを見ると、股間に男根が突き刺さっていた。そこは痛いのか熱いのか判別できないほど、ジンジンと疼いていた。

悠二が星羅の濡れた髪を梳《す》いてくれた。

「わ……わたし、大人になれた、ね……」

微笑むと、悠二が微妙な表情をした。そして、事もあろうに気遣いを見せた。

「もうやめておこうか？　かなり無理しているだろう？」

「大丈夫。処女膜が破れる痛みは一瞬だけだったし」

「……」

悠二の顔がさらに曇った。

「どういうこと？」

「まだ処女膜は破れていないと思う……」

申し訳なさそうに言われ、星羅は驚いた。

「叔父さん、最後までして」

「……最後まで、か」

ウブな反応をする大人が本当に可愛く思えた。

「もう先っぽを入れているんだから、最後まで入れていいよ？」

星羅は悠二の首筋に手を回し、腰に足を絡めていった。

少し肉棒が埋没する重みがあり、チリッとする痛みが走った。

（ついに処女膜に達したのね）

本能的にわかった。確かに痛いだろうが、悠二となら我慢もできる。なにしろ、星羅は純潔を悠二に捧げたかったのだ。

「……来て」

耳元で囁いた。

「じゃ、行くぞ！」

力強い声とともに、悠二が密着してきた。乳房がたくましい胸板に押しつぶされ、唇同士が強く押し当てられた。

処女膜はあっけなくプチッと音をたてて破れたようが気がして、体全身が震えはじめた。予想したほどの激痛ではなかった。それよりも、男の熱いものが胎内に入ってくる刺激に、新たな感覚が目覚めていた。

（あぁ……わたしは叔父さんを受け入れてるんだわ）

この感覚はなんだろう。

◇

「あぁ、可愛いよ、星羅」

「くぅ。お腹の奥を、叔父さんのが……突いている」

「すまん。奥まで入れてしまった」

本当なら、処女膜を破ったらすぐにペニスを引き抜くつもりだった。しかし、収縮を繰り返して容赦なく快感を生み出す膣に抗《あらが》えなかったのだ。まるで悠二の男根を奥へ奥へと誘うようにしている。

しかも、体験したことないほど狭隘《きょうあい》な穴で、挿入するだけで痛いくらいだ。だが、初めて未開の地を進む感動のほうが強くて、理性の箍《たが》が外れてしまった。

官能のマグマが今にも爆発してしまいそうになった。

(こんなに気持ちのいいオマ×コは初めてだ……これが少女のオマ×コか)

これは名器というものではないのか。締めつけ具合が凄まじかった。

(もしかして、女遊びをしていた兄さんが深雪から離れられなかったのは……いやいや、そんなことを考えるな)

悠二としても初めての感覚にゆとりがなかった。

まるで中学生に戻ってしまったように性欲が暴走してしまいそうだった。

だが、本能に任せるわけにはいかない。

悠二に抱きついている星羅は、身体が火照って息を乱している。なにより懸命にしがみついているのがいじらしい。

言いようのない感情が湧き上がってくる。

(こんな感情……他の女で感じたことないぞ。あの深雪にも……星羅が姪だからか、愛おしさと同時に死んでも星羅を幸せにしたいって気持ちが溢れてくる……父性ってやつか？)

だとしたら、今自分がしていることはどうだろう。自然に反する背徳的なことではないのか。

だが、ここまで来たらもうあと戻りはできない。

この瞬間に身を任せるしかないのだ。

「はぁ……はぁ、はっ、はぁ、くぅ」

星羅は瞼を強く閉じて、悠二にさらに密着してくる。背中に爪が立っているが、そんな痛みとは比較にならないほど彼女は処女喪失の痛みに襲われているはずだ。

悠二は膣にペニスが馴染《なじ》むまで動くつもりはなかった。

それなのに、膣道が収縮し、波打ちつづけている。もう無理だろうと思っていても、もっと奥へ奥へと呑み込もうとしてくる。

「んんん！」

「すまない」

悠二はまた謝罪した。すると、星羅が目を開いた。

「ううん……大丈夫だよ」

声が震え、美しい瞳が潤んでいた。

「……好きだ」

悠二は頰にキスをした。

「わたしも……叔父さんが大好き」

星羅が口にキスをしてきた。初めて彼女から迫られ、舌を強く絡めてきた。止めようと思っても、小刻みに腰が前後に動きだしていく。

「んくぅ……あぁ、叔父さんのがお腹の奥でノックしている」

「すまん……あまりに気持ちよすぎて」

「謝ってばっかり……最初は痛いって知ってたからいいのに……」

星羅は眉間に皺を寄せていたが、それが次第に和《やわ》らいできた。それと同時に、膣の締めつけも緩み肉竿に媚肉が優しく絡むようになってきた。

それは刺激が弱くなったわけではなく、より肉襞の細やかさと表面の突起を感じさせる結果となった。さまざまな体液で滑りを増した膣道が生き物のように蠢《うごめ》きだした。

たまらず悠二はストロークを大きくさせた。

肉竿が摩擦するたびに、快楽の火花が飛び散った。

「くぅ……すごい」

「あぁ……お腹の中で叔父さんのが動いている」

「ごめん。こんな気持ちがいいのは、本当に初めてなんだ」

「大丈夫……だいぶ馴染んできたから、それに謝らないで。なんだかいけないことしている気分になっちゃう」

「あぁ……すま……」

「もう、叔父さんったら……」

星羅はクスリと笑った。

こんなときどう言葉をかけていいのかわからなかった。悠二は自分が今まで世間と交流を絶ってきたことを悔やんだ。

「……愛しているって言ってくれたら……嬉しいな」

「星羅、愛している。愛しているぞ。おまえを誰にも渡さない」

「あぁ……」

のけぞった首筋にキスをしながら、耳元で囁《ささや》いた。

そのたびに星羅は小さい体を大きく震わせた。挿入を繰り返すたびに、痙攣が激しくなっていく。

(感じているんだ！)

まさか、初回で感じるとは思っていなかった。

(それならとことん感じさせてやりたい)

悠二は一定のリズムのままピストン運動を大きくしていく。雁首を膣穴の入り口まで引き戻したかと思うと、亀頭の先端を子宮口まで突き込んだ。その繰り返しに、星羅は明らかに喘ぎはじめた。

「んん……くぅ」

だが、諸刃の剣《つるぎ》だった。

星羅が感じれば感じるほど、さらに膣胴の動きが勢いを増していく。

悠二は官能は頂点に達しようとしていた。

(うぉ……すごすぎる。やはり名器か？　こんなオマ×コは初めてだ。もっと成長したらいったいどうなるんだ!?)

悠二の経験値など星羅の天性の名器の前では太刀打ちできなかった。

尻穴に力をこめて、なんとか射精を我慢している始末だった。

肉棒の根元で今か今かと白濁液が渦巻いているように思えた。

「あ、あぁ……叔父さん、何かくる……あ、あん」

悠二は可愛く喘ぐ星羅の顔を直視できなかった。射精を抑えることで精一杯だった。

それでも、これが好機だということはわかった。星羅を抱き寄せて、彼女の乳房を自分の胸板に押しつけた。

柔らかい乳房と硬くしこった乳首が触れた。ピストン運動と同時に、胸板の上でその二つを転がしながら、背中を激しくまさぐった。

「イク……あ、あぁ、イクッ……わたし、イクゥ！」

「俺も……イクぞ！」

本当に絶頂に達したのだろう。

星羅の膣内が波状攻撃のように波打って、ひとたまりもなかった。

悠二は肉棒を弾けるほど猛々しく躍動させながら、熱い白濁液を発射させていた。

ドクッ、ドクッン、ドクン！

意識まで失ってしまいそうになるほどの強烈な快楽が押し寄せてくる。

「あぁ、お腹の中が熱い!!」

星羅にとっては初めての膣快楽であることは間違いないだろう。

悠二は今まで体験したこともない射精快楽の余韻に浸っていた。

第三章　テントの外で恥じらいセックス

◇

悠二は家電量販店に行って、カメラコーナーを眺めていた。近づいてきた店員が動画も撮るなら、ミラーレス一眼カメラがいいと勧めてきた。

中でも最高級クラスのミラーレスを購入した。いつもは通販で済ませるが、すぐにでも手に入れたかったのだ。ついでに三脚や望遠レンズも買った。ひっくるめてかなりの額になった。即決だったので、若い店員がそれとなく質問してきた。

「失礼ですが、ご職業は何をされているんですか？」

明らかに不審がられている。悠二は適当にごまかした。

「……娘が部活の大会に出るから、慌てて準備していまして」

「この機材ならきっといい映像が撮れると思いますよ」

悠二は高級なカメラを買ったはいいが、事前に練習しなければならないと、珍しくやる気を出していた。

（ＹｏｕＴｕｂｅで勉強しないとだな）

◇　◇

星羅は部活の練習に励んでいた。

「先輩！」

背後から急に誰かから声をかけられた。

星羅が振り返ると、そこには一人の少女がいた。身長は百四十センチちょっとくらいだろうか、ずいぶん小柄である。制服を着ていなければ、小学生にしか見えないだろう。一年生の岡部《おかべ》彩乃《あやの》だった。

彩乃はこれまた小さな顔に子猫のような大きい瞳の持ち主で、アニメから飛び出してきたかのような美少女だった。長い髪を部活のときはお団子にしていたから、ますます子どもっぽく見えてしまう。

手足が長く華奢《きゃしゃ》だが、お尻の膨らみは意外とあり、ユニフォームがむっちりとしたお尻に食い込むことが多い。いつも指を入れて食い込みを直していた。

そして、乳房の膨らみは控えめだが、フィットしたウェアに胸の尖りがわずかに浮かび上がっていた。

思わず視線を逸らした。自分の頬が赤く染まるのがわかった。

「どうしたんですか？」

彩乃が心配そうにたずねてくるが、どこかいたずら心があるような気がした。

「ユニフォームがピチピチすぎて恥ずかしいんだよね」

星羅は自分の胸を押さえた。

ブラジャーが生地に浮かんでいた。

（ああ、こんなことなら、叔父さんを大会なんかに呼ぶんじゃなかった……）

そう考えていたら、彩乃が勘違いしたようだ。

「わたしだって……ノーブラで恥ずかしいです」

「あまり恥ずかしそうには見えないけど？」

「嬉しさのほうが勝ってますので」

コロコロと彩乃の表情は変わる。おしゃべり好きは相変わらずなようで話は続く。

「先輩に憧れてこの学校を受験したかいがありました」

バドミントン部には三十名を超える部員がいる。

その中で彩乃だけペアの相手がいなかった。幼い頃からバドミントンをやっている彼女はシングルで優秀な成績を残していた。相手が見つからないのは他の部員と実力差があったからだ。

また、彩乃自身も自分より下手《へた》な先輩とペアを組むことに難色を示していたようで、部内で浮いた存在になっていた。

そこに去年まで上級生とペアを組んでいた星羅があぶれるかっこうになったので、彩乃が候補に挙がったというわけだ。

「もう奇跡かと思いました」

「大げさだよ」

「だって、蔦谷星羅って言ったら、新人戦で優勝したって有名でしたもん」

たしかに星羅は去年のクラブ大会に出場し、一年生で見事優勝したのだった。

「それじゃ、いいところ見せないといけないわね」

星羅はユニフォームの恥ずかしさを忘れ、練習に集中した。

（叔父さんにも……いいところ見せないと、ね）

◇

――大会当日。

場所はオリンピックが開催されたこともある立派な体育館だった。女子中学生たちがすばやい動きでシャトルを打って躍動する姿には爽快感がった。

その中で、星羅のペアは別格だった。

星羅はドロップショットを巧みに操り、コートを広く使って相手のポジションを崩していく。小柄な彩乃は小学生のような身体つきなのに、動きは大胆で、なおかつ敏《びん》捷《しょう》だった。全身を使ってスマッシュを決めてポイントを重ねていった。

悠二はカメラで星羅の姿ばかりを追っていた。

指先まで神経が行き届いているのが素人目にもわかった。

（カメラってけっこう面白いんだな……）

悠二はいつのまにか身を乗り出していた。ラケットを振るたびに白い脇の下が見え、ユニフォームの隙間からはブラジャーが見え隠れした。

見事に星羅たちは勝利した。

「よし！　いい画《え》が撮れたぞ！」

カメラを始めたばかりなのに一人前のことを言いながら、小さくガッツポーズをした。

気づくと警備員がそばにいた。

「すいません。少しよろしいですか？」

「え？　何ですか？　これから……」

警備員が悠二の腕を摑んだ。悠二はそれに促《うなが》されるように席から立ち上がった。

周りの父兄たちも悠二を冷たい目で見ている。

自分を客観視すれば、中年男がひとり本格的なバズーカのような望遠レンズをつけたカメラを持っているということになる。

（不審者と思われたのか⁉）

悠二は慌てて弁明しようと思ったがうまく言葉が出てこない。

「俺はあの子の叔父です」

悠二はコートにいる星羅を指差した。

「叔父？」

警備員はさらに不審そうに目で睨みつけた。

「話は警備員室で聞きますので」

悠二は仕方なく警備員についていった。周囲は何事かとひそひそ話をしている。

部屋に入ると、画像データを見せるように言われた。

悠二は言われるがまま、カメラのモニターに画像を表示していく。

「ほほう。少女の写真が多いですねえ」

「姪とその後輩を撮影しただけです」

星羅に頼まれて後輩も撮影したのだ。確か名前は岡田《おかだ》とか岡部とか言うんじゃなかったか。確かに彼女も美少女には変わりないが。

望遠レンズで捉える少女の小ぶりの唇は肉感的だ。おでこも広くて、子どもっぽい印象がある。髪は星羅と同じポニーテールにしている。

小学生のように小柄なのに、アグレッシブなプレイが印象的だった。

「最近、こういうのが多いんですよね。身分証はお持ちですか？」

警備員がカメラを操作して言った。

「とりあえず、データは証拠として預かっておきましょう」

「なんでだよ！」

悠二は男の手を払い除《の》けて、カメラを奪った。

「抵抗するのか!?」

警備員が悠二を取り押さえようとしたとき、ちょうどドアが開いた。女性スタッフといっしょに星羅が入ってきた。

星羅は警備員に羽交い締めにされている悠二を見て、悲鳴をあげた。

「やめてください。叔父さんを離して！」

「え？　本当に君の叔父なの？」

警備員は顔を真っ青にして平身低頭謝罪した。

（しかし、勘違いさせる俺のほうも悪い。世間の常識とズレてしまったせいだ）

悠二は怒るどころか、反省することしきりだった。

（こんな不完全な人間が星羅をまともに育てられるわけはない）

「いえ、こちらこそ、誤解を与えるような行動を取って、申し訳なかったです」

悠二は警備員に頭を下げてから、星羅といっしょに警備員室をあとにした。

◇　◇

大会が終わったあと、悠二が星羅と彩乃をファミレスに連れていってくれた。いつもなら、叔父が行く場所を勝手に決めて、居心地の悪い高級レストランとか料亭になるところだが、今回は事前に希望を訊《き》いてくれた。

結果、ファミレスになった。星羅たちはユニフォームの上にジャージを羽織っただけの姿だった。

パフェを注文した星羅と彩乃は大会の話で盛り上がり、悠二はその話に静かに耳を傾けていた。

最近、悠二の雰囲気が少し柔らかくなったのを星羅は感じた。

彩乃とはファミレスの駐車場で別れることになった。

「車で送っていくけど、本当にここでいいの？」

悠二は保護者としていちおう確認した。

「はい、大丈夫です。ここから遠くないですし。今日はパフェをごちそうさまでした」

「写真は星羅に渡しておくね」

「データでもいいですよ？」

「あぁ、そうだね」

叔父はジェネレーションギャップを感じているようで、照れくさそうに頭をかいていた。

「はい。これがわたしのコードです」

彩乃がスマホでＱＲコードを表示させた。

悠二は動揺しながらも登録した。

「先輩。また、来週！」

「うん、またね」

星羅は手を振って見送った。

悠二が車を発車させたようとしたとき、星羅が悠二の太腿を抓《つね》った。

「鼻の下が伸びてるよ」

「いたぁ！」

「もしかして、勃ってるの？」

すかさず悠二の股間に手を這わせた。そのとたん、ムクムクとペニスが勃起してきた。

「星羅のせいで勃起してきたじゃないか」

「……」

からかわれた星羅は自分の頬が赤くなるのがわかった。

「どう責任とってくれるのかな？」

いつも控えめな叔父が見せるおどけた姿に胸がときめいてしまう。

「これでどうかな？」

星羅は悠二のベルトを緩めて、ズボンのファスナーを開けると、半勃ちになった肉棒を引っ張り出した。そして、身をかがめてフェラチオを始めた。

「んんッ！」

塩味とかすかな饐《す》えた臭いがする。

嫌悪感はすっかりなくなり、口に含んだ瞬間、後頭部がクラクラするほど変な気持ちになってしまうのだ。

（口の中でオチ×チンがピクピクして可愛い）

星羅は肉竿を精一杯咥え込んだ。喉に押し当たり、吐き気がしたが、グッと我慢して前回よりも深く呑み込もうとした。

「ぷはぁ……」

星羅は肉棒からいったん口を離した。

棍棒のように節くれだった肉竿は唾液にまみれている。星羅は舌を伸ばして、その唾液を舐め取った。

（確か裏側が感じるんだよね）

舌先で裏筋をチロチロと舐めてみたり、舌でかき出すように強くはじいたりした。

「んんん……」

悠二の呻き声を聞きながら、根元から雁首まで、どの部分に性感帯があるのか探った。

あと少しで探り当てそうになったところで、隣に車が入ってきた。

星羅は慌てて起き上がった。

悠二も焦ってズボンを引き上げ、車を出した。快楽の余韻のせいか、叔父の膝が震えていた。

「安全運転してね！」

「ああ、そうだな」

「続きはあとで……」

星羅は耳元で囁いた。

自分の股間がジュンと濡れるのがわかった。

◇

しばらくドライブをした。

目的地に到着したのは夕方だった。

カーナビに星羅が指定したのは山奥の公園だった。

穴場なのか、駐車場には他に車もなく、公衆トイレがぽつんと寂しく佇《たたず》んでいる。

「本当にここでいいの？」

「うん」

車からキャンプ用品を取り出して、星羅のあとに続いた。

（試合のあとに、キャンプをしたいとは、若い子の体力はすさまじいな）

公園の遊歩道は意外と整備されていて、丘に登ると、小さな湖が広がっていた。思わず見とれてしまうほど幻想的な光景だった。

誰もいないと思っていたが、キャンプエリアにはすでにいくつかテントが張られていた。

「叔父さん、予約してあるのはこっちだよ」

「湖の近くのほうがキレイじゃないか？」

「水の近くにはテントは張れないよ。わたし、受付してくるね」

「任せとけ」

悠二はスマホで動画を見ながら、テントの設営に取りかかった。

そもそもインドアな悠二がテントを持っていること自体おかしいのだが、それにはわけがあった。何年も前に兄からキャンプをしないかと誘われていたのだ。

そのとき、キャンプ用品だけは一通り揃えていた。だが、星羅が迷子になったのを機にキャンプに行くのはやめたのだ。

それ以降、自室で寝袋を使った以外は、キャンプ用品は手つかずのままだった。

星羅はここに何度も来たことがあるのだろう。受付も手慣れた感じで終えて、車からクーラーボックスを持ってきた。

「テント早く立てて、ご飯にしよ」

「おう」

悠二は動画の解説がまどろっこしくて、なかなかうまくできなかった。それを見かねた星羅が助け舟を出した。

「叔父さん、ネットじゃなくて、わたしを頼ってほしいな」

「手伝ってくれる？」

「もちろん！」

星羅はテントの設営にも慣れたもので、ほとんどひとりで完成させてしまった。

「やるねえ」

「いつもはパパがやっていたんだ」

「じゃ、初めてやったの？」

「うん……でも、毎年見てたからやり方は覚えていた」

星羅は小首を傾《かし》げて少し自慢げにしていた。次は焚き火の準備に取りかかった。兄の優秀な遺伝子を感じてしまう。

バーベキューは何年ぶりだろうか。

外で食べる肉や野菜がどんなご馳走よりも美味しく感じられた。星羅は学校であったことを話し、つられて悠二も兄や深雪の過去を差し障《さわ》りのない範囲で話した。

いつの間にか、あたりはすっかり暗くなっていた。

夜空には満点の星が輝いている。

湖もあいまって息を飲むような美しさだった。

「……すごいな」

「でしょ？　カメラで撮る？」

「いや、これはこの目で見て胸に締まっておくべき景色だ。写真と現実とでは迫力がぜんぜん違う……これは体験してみないとわからなかった」

「でしょ、でしょ？」

「……あぁ」

そうつぶやいたときに、星羅が悠二の膝の上に座ってきた。

「おぉ！」

「重い？」

「いや、重くないよ。このお尻の感触がいいね」

「やだぁ、私、お尻が大きいから恥ずかしいのに」

「それも魅力的だよ」

悠二は声を上擦らせた。一方、星羅はリラックスしてきたようで、体を悠二に預けていた。

「わたしの好きなものを叔父さんにも知ってもらいたかったの」

「……」

悠二は星羅の心に触れられたようで心地よかった。

それなのに、自分は星羅に渡せるものがないことに気づいて虚しい気持ちになる。

しかし、そんな情けない大人でも、星羅といっしょにいると、世界が輝いて見える。

「叔父さんの宇宙船みたいな部屋を見たときに思ったんだ」

「なんて？」

「絶対にここを気に入るって」

「あぁ……好きだよ」

悠二は星羅にキスをしようとしたが、かわされた。しかし、かまわず頬や耳を唇で摘んだ。プニプニとしていて柔らかい肉だった。

「もう！　違うよ。この景色のことだよ」

「うん、それも含めて、星羅が好きだ」

悠二は真剣に言った。

星羅の顔が暗闇でよく見えなかったが、瞳に星のようにキラキラと輝いていた。

今度は星羅のほうからキスをせがんできた。

舌を絡め合わせながら、膝の上に座っている彼女の胸に手を這わせた。

ジャージの下はユニフォームのままで、ブラジャーもいつもよりも柔らかいスポーツブラだった。すぐに脱がさずにブラジャーの上から触れてみる。

「ん、んあぁ……」

星羅がすぐに喘ぎだした。

反応も敏感で、スポーツブラ越しにも乳首が屹立するのがわかる。

それを摘むと、星羅が腰をもじもじさせた。

「んひぃ、んんッ」

「あんまり大きな声を出したら、他の人たちに気づかれるよ」

◇　◇

悠二が手をブラジャーの中に忍び込ませてきた。

少し湿った指でダイレクトに乳房を揉まれると、身体中に快楽電流が走り、思わず股をはしたなく開いてしまった。

「声が出ちゃうよ……」

「我慢しないと」

悠二に言われて、あたりを見回した。

遠くにいくつか焚き火が見えた。馬鹿騒ぎするような利用者はいないようで、静かな環境だった。風が湖を掃く音や虫たちの鳴き声が聞こえてきた。

（わたしって……変態なの!?　人がいると思ったら……）

自慰よりも感じてしまう。

悠二の手が乳房から離れた。

ユニフォームのスコートから太腿を剝き出しにして愛撫してくる。

「ん、これ、どうなっているの？」

悠二はミニスコートの中の構造に戸惑っているようだ。

「スコートにインナーパンツというか、スパッツみたいなのが一体になっているの」

悠二が股下数センチのところに食い込んでいるスパッツからはみ出した太腿を摘んで揉みだした。

「あぁ……」

「皮膚がツルツルしているし、脂肪が少ないからつまみにくいな」

「くぅ、そんなこと言わないで」

恥ずかしくて身体が火照ってしまう。

星羅の変化をすぐに感じ取ったのか、悠二が首筋の匂いを嗅ぎながら、うなじを舐めてくる。

同時にお尻を鷲摑みにして、大きく円を描くように揉んでくる。

「可愛いお尻だね」

「やだ、お尻は恥ずかしいのに」

「小ぶりで可愛いよ」

「え？　本当！」

大人と比べたら愛らしい膨らみなのだろう。だが、星羅はコンプレックスでもあったので、悠二の言葉に素直に喜んでしまった。そして、次第に感じはじめた。

「あ、あくぅ」

「いい匂いだ。もっと嗅がせてくれ」

悠二がジャージのジッパーを下ろし、今度はこもった匂いを嗅ぎだした。

恥ずかしくてたまらないのに、意志に反してさらに身体が火照っていく。

さらに、悠二がスパッツの中央部に触れてきた。

その下はノーパンだ。星羅は花園に刺激を受けて、恥ずかしい反応を隠せなくなっていた。

すぐに悠二に知られてしまうことになる。

「濡れているね」

「あ、ぁぁ、言わないで」

悠二が指をスパッツに押し込んできた。

ピンポイントで膣口を狙ってくるのが憎らしい。

だが、クチュクチュと淫らな音が鳴り響き、星羅は身をくねらせた。

そのとき、人の気配を感じた。

「ッ！」

星羅は思わず息を呑んだ。

（もしかして、喘ぎ声が聞こえて、人がやってきたの？）

足音はだんだん大きくなり、二つの影が近づいてきた。

夫婦かカップルかわからないが、彼らも何か話しながら歩いている。

（思ったほど、人には聞こえないのかも……）

安堵した瞬間、悠二の手がスパッツを擦りだした。

もちろん、割れ目の谷間を狙ってだ。

「くひぃ！」

星羅は思わず口を押さえた。

（ダメ……そこ、感じちゃう……叔父さん、やめてぇ）

心でそう呟きながらも、的確に陰核を責めてくる悠二に向かって腰を突き出してしまう。きっとスパッツはびっしょり濡れているだろう。

直接触れられるのもゾクゾクしたが、スパッツ越しだと生地の艶やかさと圧迫感が増幅されて、また別の感覚があった。

「星羅、夏の大三角の上に見えるあの星が何かわかるか？」

悠二が片手を掲げながら、わざと大きな声で話しかけてきた。

「んん」

「うしかい座だよ」

わかっていても答えられなかった。

その間も忙《せわ》しなく悠二は愛撫を続けていた。

他のキャンパーもあきらかにこちらの存在に気づいている。

星羅は口を押さえて、喘ぎを洩らさないよう我慢した。

「夏の大三角はわかる？」

「……ベガ、デネブ……アル……」

「アルタイルだよ」

星羅たちの会話が他のキャンパーたちにも聞こえたようで、彼らが安心したのがわかった。

「はぁ……叔父さんひどい」

「車の中でも、まんざらでもなさそうだったからね」

「わたしはそんな娘じゃありません」

「ごめん。星羅が可愛くて人に見せつけたかったんだ」

急に好きと言ってきたり、衆人環視の中で大胆なプレイをしてきたりと、悠二の変貌ぶりに星羅は少々戸惑った。

同時にやはり相手は大人なのだと強く意識してしまう。

(対等な関係になりたい)

その想いが強くなってきた。

「ちょっと、待って」

星羅はそう言うと立ち上がって、スコートを捲くり上げた。

「……」

「叔父さんのせいで、ビチョビチョになっしゃった……責任とって」

◇

悠二は星羅の股間にむしゃぶりついた。

ジュル、ジュルゥ!

動物のように激しい音を立てた。意図したわけではないが、魅惑的な蜜汁を一滴もこぼさず啜《すす》ろうとすると、どうしても卑猥な吸引音が鳴ってしまう。

スパッツを吸えば吸っただけ、蜜汁がとめどなく溢れてくる。

伸縮性のある薄い生地が割れ目から一瞬離れ、唇から離れた瞬間、パチンと星羅の割れ目に貼りついた。秘唇の形が丸わかりなった部分に愛撫をした。

「んん……」

「星羅の匂いがする」

「嗅いじゃあ……ダメェ」

星羅がよろよろと後退していく。

チェアに膝裏が当たり、椅子に座り込んだ。

悠二はすぐに星羅の脚を左右に大きく拡げた。膝をついて、股間で鼻をひくつかせた。

「少し汗の匂いがするね……それに」

「それに？　あぁ、言わないで」

答えに気づいたようで、星羅は顔を左右に振ったが、脚を閉じようとはしなかった。

悠二はわざと焦らすように、鼠径《そけい》部や太腿を舐めた。

「それに何の匂いがするかわかるよね？」

「意地悪だわ。言わせようとしないで」

「だって、聞きたいんだ。星羅が可愛すぎるのがいけないんだよ」

「んぁぁ……」

スパッツの生地に新たな蜜汁が滲み出てきた。

「ほら、ほら、答えてみて」

「……はしたない液が……匂ってるわ」

正解だと言わんばかりに、悠二は再び股間に顔を埋《うず》めた。

自分の大胆さに戸惑ってしまうほどだった。

星羅がブルッと身体を震わせた。

「あくぅ……オシッコが出そう」

「え？」

驚いた瞬間、星羅が立ち上がったが、快楽の余韻のせいか、よろめいてしまう。

「どうしよう……トイレに行くの怖いし……もう我慢できないよ」

悠二はすぐにアイデアが浮かんだ。

「ここでして見せてよ」

「嘘!?」

「本当だよ」

焚き火がパチッと弾ける音がした。

（キャンプに来て解放的になっているのか、今日の俺は本当に大胆だ）

星羅が身体を小刻みに震わせている。

「見たいんだよ、星羅がオシッコするところを」

「……そんなの見て嫌いにならない？」

「なるもんか。むしろ、もっと好きになる自信がある」

「本当に本当？」

星羅は我慢の限界が近いのだろう。そわそわしていた。

悠二はしっかり頷《うなず》いてみせた。

根負けしたように星羅は背中を向けると、スコートのフックを外してスパッツをさげた。

そしてその場にしゃがみ込んだ。

真っ白なお尻が逆向きのハート形に見えた。

「やぁ、誰かが来たらどうしよう」

「隠してあげるよ」

悠二は星羅の前に移動して腰を屈めた。

「それだと……叔父さんにぃ……くぅ、もうダメェ」

星羅は手で顔を覆った。それなのに、初々《ういうい》しい割れ目が丸見えなのだからギャップが愛らしい。

そのすぐあとに聖水が勢いよく放たれた。焚き火の炎に照らされて黄金色に煌めきながら美しい弧を描いている。

（なんて綺麗なんだ！）

わずかに立ち昇るアンモニア臭に股間が疼いた。

落ち葉に飛沫が当たり予想以上に大きな音が響いた。星羅は身体をビクッとさせた。そのたびに聖水は左右に撒き散らされ、激しい音を立てた。

「ああんん、やだぁ……止まんない」

そう言う星羅の目尻は赤く染まって発情しているようにも見えた。

ようやくすべてを出し終えてから、星羅は拭くものがないことに気づいてオロオロとした。

「舐めて綺麗にしようか？」

「もうバカなこと言わないで」

星羅はそのままスパッツを引っ張り上げて、悠二に抱きついてきた。

少女の身体は火照っていた。

◇　◇

「また人が来るよ」

「見えやしないよ」

「そんなことないよぉ……」

悠二は確かに理性の箍《たが》が外れそうになったことを反省した。さすがにこのままではマズいだろう。下手《へた》したら通報されてしまう。

星羅の手を取って、テントの中に隠れることにした。

悠二はすばやく服を脱ぎ捨てていく。

星羅も意を決して、ジャージとユニフォームを脱いだ。

ただ、スコートを脱ごうにも愛液などのせいで、太腿に絡まってなかなか脱げなかった。何度も転びそうになりながら、足首から抜くと、悠二に飛びついた。

「あああああ……恥ずかしい」

マットの上で対面座位のような格好になり、星羅は悠二の胸にしがみついて首を左右に振った。

悠二は星羅を抱《かか》え上げ、股を大きく拡げた。とたんに股間に屹立が当たった。

「っあぁ！」

処女喪失時の痛みが蘇《よみがえ》ってきて、緊張してしまう。

しかし、予想に反して、男根を容易に受け入れてしまった。拡張感はあるが、痛みはほぼなかった。

「くぅ」

むしろ、悠二のほうが苦しそうに呻いている。

ズボズボと肉棒が膣内に潜り込んでくる。子宮口に当たったあとも、さらに深く沈み込み、股間同士がぶつかった。

「奥に……叔父さんのが当たってる」

「ああ、気持ちいい。チ×ポが締めつけられる」

互いに快感を口にした。

（わたしがアソコに力を入れると、叔父さんのを締めつけてしまうのね）

星羅は深呼吸して、力を抜いた。悠二に余裕が戻ってきたようで、星羅のお尻を鷲掴みしてきた。

「可愛いお尻だね」

「やだぁ、恥ずかしい」

「こんなに魅力的なのに」

そう言って星羅を持ち上げてピストン運動を開始した。

「あッ、あひぃ、あぁん」

雁首が膣内の性感帯を掘り起こすようで、星羅は頭が痺れるのを感じ、悠二に必死で抱きついた。

「痛くない？」

「うん、大丈夫……あうぅん。叔父さんも痛くない？」

「ちっとも。むしろ気持ちいいよ」

「苦しそうな声を出していたから」

「オマ×コの締めつけ具合がすごくて、思わず……」

「つまり、気持ちいいってこと？」

星羅はそう言いながら、自ら腰を動かした。

「……くぅ」

悠二は呻いているが、ペニスがピクピクと痙攣しているので、きっと気持ちいいのだろう。

（このまま叔父さんを感じさせて……）

そう思った瞬間、悠二が星羅を抱えたまま立ち上がった。

突然の浮遊感に驚いたが、次の瞬間、肉棒めがけて一気に落とされた。

「んくぅ！」

強い衝撃に思わず、大きな悲鳴をあげてしまった。

反射的に膣で肉棒を締めつけたが、悠二はそれにかまわず星羅の身体を上下に揺さぶった。

子宮口を叩く衝撃で、得も言われぬ快感が全身に広がっていく。

「あぁ、あひぃ……すごい」

大人の男の力に圧倒されていた。だが、星羅もなんとかそれに応えようとした。

必死でペニスを食い締めようとした。

とたんに叔父が吠えた。

星羅のほうも頭の奥がジンジンするほど快楽に痺れていた。

「あぁ、叔父さんのが、抉《えぐ》ってくる……あくぅん」

悠二も苦しそうに腰を振っていた。

牡の体臭が濃厚になり、星羅はさらに濡れてしまい、ヒップを左右にくねらせはじめた。

それに負けじと悠二がさらに激しく上下に揺さぶった。

テントの中に淫猥な音が響き渡った。

（誰かに聞こえちゃうかも……でも、やめられない）

そうした緊張感も快楽のスパイスになっている。

「叔父さん……わたし、もうダメェ」

「……俺もだ」

「あぁ、絶対に声が出ちゃう」

そう訴えた瞬間、唇を覆われた。

官能の火花がパチパチと弾け、あっという間に脳内でスパークする。

「んんんん！」

必死に声を殺した。

（思いっきり声を出したい……）

声を出せたらどれだけ気持ちいいだろうと思った瞬間、星羅の身体の中から溢れ出るものがあった。

プシュー、プシューーッ！

膣から何かが迸《ほとばし》った。

悠二の挿入に合わせて勢いよく放たれていく。

（やだ、わたし、お漏らししてる？）

未知の経験に身体が震えた。最初のオーガズムなど比べものにならないほどの激しい快楽が星羅を翻弄《ほんろう》した。

「んぐぅん！」

キスしながら悠二が吠えた。

悠二も絶頂に達したのだ。

明らかにペニスの躍動感が変化した。そのたびに子宮口に熱い樹液を激しく叩き込まれた。

（熱い！　お腹の中に熱いのが！　あぁ、イクっ！）

「んん、んんー」

舌をねっとりと絡め合わせた。

二人で一匹の動物になったような一体感があり、時間の感覚がなくなった。

悠二がマットに倒れ込んだ。

星羅も彼の胸の中に体を預けていく。

「……すごかったね。こんなの初めてだ」

「うん」

「股間がびしょびしょだ」

悠二が二人の股間に触れて笑った。

「わ、わたし……気持ちよすぎてお漏らししちゃったかも」

「本当？」

悠二はあろうことか、星羅の粘液を指で掬い取ると、ぺろりと舐めた。

「やだ！　汚いよ！」

「汚くなんかない。オシッコじゃないんだから」

「そうなの？　でも、恥ずかしいよ」

「潮吹きっていうんだよ。気持ちよすぎて大量にラブジュースが出たんだ」

「お漏らしじゃないんだ」

「でも、星羅のオシッコなら飲んでみたいけどな」

「やだやだ、そんなの絶対に嫌よ」

星羅は悠二の頬に優しくキスをした。

この関係が永遠に続くことを願いながら。

第四章　秘密の放課後レズプレイ

◇

星羅を塾に送ったあと、悠二はカフェでひとり悶々としていた。

あの一件以来、星羅は今は別の塾に通っている。

(あの野郎、可愛い星羅のファーストキスを奪いやがって……)

悠二はそのことにまだこだわっているのが自分でも嫌になる。

(俺はいつまで経っても子どものままだ。社会にも出ずに、人との接触を避けてきたんだから……心が成長するわけないよな)

今まで自分のことを深く考えないようにしていたが、星羅と暮らすようになってから、それでは先に進まないことに気づかされた。

いずれ、星羅に見透かされてしまうのではないかという不安に襲われることもあった。

これほど歳が離れていても、星羅はどんどん成長している気がする。ときおり、ハッとするような大人の魅力を感じることがあるのだ。

これからさらにたくさん経験を積み重ねて、素敵な女性になるのだろう。

彼女はまだ気づいていないが、魔性の女になるかもしれない。

そう遠くない未来に、悠二では太刀打ちできなくなるのは明らかだった。

すると、テーブルにドリンクが置かれた。カフェラテだろうか。

何事かと思って顔を上げると、ツインテールの少女がいた。

「先日はデータを送ってくださり、ありがとうございました」

「ああ、彩乃ちゃんか」

あのときポニーテールだったが、改めて見ると、誰もが振り向く美少女だった。髪にパーマをかけているのかフワフワしていて、少し大人っぽく見えた。

彩乃が少し困ったような笑顔を浮かべた。

「ごいっしょしてもいいですか?」

「ああ……どうぞ」

「失礼します」

星羅の後輩だが、ずいぶんしっかりしている。

容姿は小学生で通用するのに、スカートを押さえて椅子に座る所作や、ストローで優雅にドリンクを飲む様は、大人びて見える。

（最近の子はしっかりしているもんだ）

そんなことを考えていると、いきなり不躾《ぶしつけ》な質問をされた。

「先輩とオジサンは、本当の親子じゃないんですね？」

子ども相手に怒ることではないと、悠二は冷静に受け答えした。きっと星羅が話したのだろう。

「叔父と姪だよ」

「うちは、ママが再婚したから、先輩も同じなんだと思ってました」

「そうだったんだ」

無防備にプライバシーを晒すあたりはやはり子どもだと、悠二は少し安心もした。

ところが、彩乃は悠二をじっと見つめ、ニッコリと微笑んだ。

だが、目が笑っていなかった。

「でも、叔父と姪の関係なのに、車の中であんなことしていいんですか？」

「……あ、あんなこと？」

先週、彩乃と別れたあとは……。

(駐車場での出来事を見られていたのか!?)

動揺を隠しながら、悠二はコーヒーをゆっくり嚥下《えんげ》した。

「はっきり言わないとダメですか？　先輩といけないことしてましたよね？」

そのとき、悠二は股間が圧迫されるのを感じた。

下を見ると、股間に白いソックスが押し当てられていた。彩乃が足を伸ばしているのだ。

「え？　何してるの？」

「悪い子ですね？」

どこで覚えたのか、彩乃は巧みに足を動かしてきた。

悠二はあたりを見回したが、不覚にも勃起しはじめた。

「くぅ」

悠二の反応を見たのか。もっと足に力を入れてきた。

彩乃は穢らわしいものを見るかのような目をしている。

「わかっているんですか？」

「……何を」

「あれは犯罪ですよね？」

図星を指されて何も言えなかった。だが、彩乃の言ってることとやっていることはまるで違っている。相変わらず足で股間を擦ってくるので、情けないことに分身がますます勃起していた。先走り液も出ている気がする。

「……き、君は何が望みなんだ？」

彩乃の怒りはどこから湧いてくるのだろう。

（しかし、この手慣れた感じは何なんだ？）

彩乃の足コキは男の急所を的確に捉えたもので、すぐに射精しないように緩急をつけている。最近まで小学生だった子どもの芸当とはとうてい思えなかった。

（何なんだろ、この娘《コ》は……やばい、イッてしまう）

その瞬間、彩乃の足が股間から離れた。

ズボンにはしっかりペニスの膨らみが見えていた。

「いったい君は何を考えているんだ？」

「汚い男から先輩を守りたいだけです」

「星羅を？」

「ええ、先輩はわたしにとって理想の女性なんです。それをあなたのような冴えない人に無理やり……」

悠二は合意の元だと訴えたかったが、それを主張しても意味のないことである。

「……なにか勘違いしているんじゃないか？　あれは星羅とふざけていただけで……」

悠二はとっさにごまかそうとした。

すると、彩乃がスマホを取り出して、画面を見せた。

そこには悠二の股間に顔を埋《うず》める星羅の姿があった。

「これでもふざけていると言えますか？」

「……」

もちろん言い逃れはできなかった。

「バックアップが取ってあるので、このスマホを取り上げても無駄ですからね」

「……いったい何が目的なんだ？」

「これ以上、先輩に近づかないでください」

彩乃はどうやら本気で怒っているようだ。

「と言っても……いっしょに暮らしているから、約束を破りそうですよね」

「……」

「ついて来てください」

悠二は彩乃に連れられて、カフェの奥まった位置にあるトイレに入った。一室が男女兼用になっている。

「とりあえず、ズボンを脱いでください」

思いがけない言葉だった。

「え？」

「さっさとしてください」

彩乃が悠二のベルトを外して、たちまちズボンとパンツを引きおろした。バウンドするように肉棒が飛び出した。

「……大きい」

彩乃が思わず呟いた。

他人と比較したことがないので悠二にはわからなかったが、いつか元カノから言われたことがあった。彩乃の言葉は他の男と比較しているかのように思えた。

しかし、美少女の前で股間を晒し、あまつさえ勃起させている自分が情けなくなる。

「いったい何をしたいん……んぐぅ！」

彩乃がすかさずペニスを握ってきた。

星羅の手も小さいと思ったが、彼女のはさらに一回りは小さく感じられた。

細い十本の指で器用にしごきはじめた。

「んんん！」

自分でも恐ろしいほど先走り液が溢れ、細い少女の手に垂れていく。

彩乃はさきほどまでの言葉はどこへやら、一心に手コキに励んでいる。感情を切り離しているようだった。

（この娘……間違いなく経験がある）

すぐにこの場から立ち去るべきだと思ったが、あまりの心地よさに膝がガクガクと震えて、力が入らなかった。

「ま、ま……待ってくれ」

掠《かす》れた声で懇願するのがやっとだった。

だが、彩乃は的確に裏筋に刺激を送ってくる。先走り液が次から次へと溢れ出て、彩乃の手を汚した。

「さっさと出してください」

「んぐぅ」

「長く入っていたら不審に思われるでしょ？」

「くぅ、もうダメだ！」

ついにマグマが爆発した。

ピュル、ピュル、ドピュッ！

ドロッとした精液が大量に吐き出され、それがトイレの至るところに飛び散った。

頭も真っ白になってしまい、悠二は呆然としていた。

「しょうがない人ですね」

彩乃の冷たい視線が痛かった。

だが、そのとおりだと思った。

そのとき、彩乃が何かを取り出して、ペニスに押しつけた。抵抗する間もなく硬質なもので亀頭や肉竿を覆われてしまった。

何事かと思って視線を向けたときには、カチッという音が響いた。

「これで先輩には悪さできませんね」

彩乃は小さい鍵をかざして見せた。

なんと悠二のペニスは樹脂製の半透明のケースのようなもので拘束されてしまった

のだ。先端部分には排尿用なのか、穴が空いていた。

「……こ、これは!?」

「貞操帯です」

「て、貞操帯!?」

外そうしたが、意外と頑丈でびくともしなかった。

「ここのトイレをちゃんと掃除しておいてくださいね」

それだけ言い残すと、彩乃は出ていった。

「ま、待ってくれ！」

◇　◇

——翌日。

「彩乃ちゃん、大事な話ってなに？」

星羅は部活のあと、彩乃から体育館倉庫に呼び出された。

「先輩……ちょっとすいませんが、ここに隠れてくれませんか？」

倉庫内の跳び箱をどかそうとしているが、七段あるので小柄な彩乃は背伸びをして難儀している。

「ど、どういうこと？」

「理由は聞かないでください。お願いします！」

こんなに真剣に頼まれたのは初めてのことだったので、星羅は面食らったものの、よほどのことだろうと仕方なく言うとおりにした。

「じゃ、片付けをしてきます」

そう言うと、彩乃はその場を立ち去った。

（きっと、何かの緊急事態ね）

星羅はなぜか自分のことを慕ってくれるが、他の先輩や同級生に対しては冷徹な態度を取ることが多いのは気になった。そのせいで、周囲から敬遠されるようになっていた。

体育館から後輩たちのおしゃべりが聞こえてくる。

（彩乃ちゃんは一人で片付けをさせられているのかしら。ひどいけど、こういう扱いを受ける一因は彼女にもある。一度きちんと話さないとならないわ）

そう思ったとき、彩乃がネットを引きずりながら歩いてきた。バドミントンのネットは意外と重くて、非力な彼女だと重労働だろう。

手伝おうとすると、彩乃がこちらを見て目で制してきた。

そのとき、倉庫の入り口に後輩が数人現れた。星羅は慌てて跳び箱の陰に隠れた。

（あ、やっぱり手伝ってくれるのね）

次の瞬間、彼女たちは笑いながら扉を閉めた。

（え？）

しかも、驚くことにカチッと音が響いた。施錠されたのだ。

星羅は慌てて駆け寄って扉を確認した。

「よくあることです」

彩乃は気にせずにネットを片付けようとしていた。星羅は駆け寄ってそれを手伝った。

「ねぇ……わたしたち閉じ込められてるよね？」

「そうですね」

彩乃は何事もないように微笑んでいる。

「よくあることなの？」

「これまでに何度かあったかな。生意気なんだそうです」

「こ……これってイジメよね」

「そうなんですかね」

彩乃は小首を傾《かし》げて、マットに座った。

星羅も隣に腰掛けた。

部活が終わってしまえば、体育館はとたんに静かになる。それが倉庫となると、よけいに静かで、非日常な空間になった。

小さい窓から夕日が差し込んでいるが、弱々しいオレンジ色になっている。

倉庫は湿気が多く、カビ独特の臭いがした。

「これはひどいわ」

「……」

星羅がきっぱり言っても、彩乃は無表情のままだった。

イジメだと認識して己《おのれ》の無力さを恥じらうわけでもなく、共感してほしいというわけでもなさそうだった。

(この事実をわたしに伝えたかったんじゃないの?)

戸惑っていることに彩乃が気づいたようだ。

「イジメかどうかは、わたしがどう感じるかによるので」

「どう感じているの？」

「あの人たちは子どもっぽいなって思うだけです」

その言い方が冷たくて、星羅はドキッとした。

彩乃が換気用の窓を指差して言った。

「あそこから出られるんですよ。所詮はお嬢様の浅知恵って感じです」

「……」

閉じ込めた側は彩乃がどうなろうと知ったことではないのだろうか。

彩乃のほうも加害者に興味をまるで持っていないようだった。互いに無関心なのだ。

なぜか星羅がいちばん腹をたてていた。

「彩乃ちゃんももっと他人に関心を持ったほうがいいんじゃないかな」

「一部には関心はありますよ。とっても……」

彩乃の表情は一変して目を輝かせた。

何か底知れないものが瞳の奥に宿っているようにも思えた。

すると、マットに置いた星羅の手に彩乃が手を載せてきた。さらに、指を絡めてくる。

「先輩にとっても興味津々《しんしん》なんです」

なんとそのままキスされてしまった。

身体が硬直してしまった。

(わたしって、突然のキスに弱いのね)

ファーストキスのときもそうだった。今回は後輩で同性が相手だというのに。

確かにプリッとした唇は小ぶりで可愛らしい。

動揺している隙に、彩乃が舌を唇の合間に差し込んできた。

その舌も小さく柔らかかった。悠二のキスは男を感じさせるが、少女の舌には健気《けなげ》さがあった。

「だ、ダメよ！　わたしたち、女同士じゃない」

「授業で習いませんでしたか？　女同士で愛し合ったっていいんですよ。LGBTのLはロリータではありませんよ？」

彩乃は少し自虐的に笑った。

「でも、わたしたちは……」

星羅は彩乃の細い肩を摑《つか》んで、思いとどまらせようとした。

確かに彼女は自分を慕ってくれている。それはバドミントンが上手《うま》いからだと思っていたのだが、どうやら予想もしない理由だったのかもしれない。

「大人が中学生とセックスしたらいけないけど……」

彩乃は少し苦渋に滲んだ顔をした。

星羅は胸が引き裂かれそうだった。

ようやく話の意図がわかった。彼女は悠二との関係を指しているのだ。

なんとか誤魔化さないといけないと焦ったが言葉が出てこない。

「先輩、わたしはあの人との関係を知っています。嘘をつかないでください」

「どうするつもり？」

「わたしが先輩を守ります」

そう言うと、彩乃が再びキスしてきた。

今度は舌の侵入も拒めなかった。

◇

──その日の朝。

悠二は困惑していた。

ペニスを貞操帯でロックされてから不便極まりなかった。

まず、立ち小便ができない。

洋式トイレに座って、用を足さないとならなかった。

当然、いちばん困るのは勃起できないことだ。ペニスが膨らむとたちまち貞操帯に圧迫されて痛みが走った。

今朝も朝勃ちで苦痛に襲われ目覚めたくらいだ。

星羅がいつものように朝食を作ってくれていた。制服姿だけでもグッとくるものがあった。

たちまち股間に痛みが走り、腰を変なふうに曲げなければならなかった。

星羅に悟られないようにするのに、かなり難儀した。

星羅が登校前にキスをせがんできたときにはヤバかった。

キスが終わると、彼女は耳元で囁《ささや》いてきた。

「明日から休みだから、今晩は……」

「今晩？」

「もう叔父さんったら、もっと女心を察しないと」

その色っぽい目つきだけで、股間に血が集中した。

「うぅ！」

「叔父さん、どうしたの？」

「いや、星羅が可愛すぎて」

「もう冗談ばっかり。じゃ、行ってくるからね」

そう言うと星羅は部屋から出ていった。

それから貞操帯をどうにかして外せないものかと試してみたが、すべて徒労に終わった。

（あの彩乃という子……いったい何者なんだ？）

◇　◇

体育倉庫に差し込む夕日に埃《ほこり》が乱反射し、漂っていた。

「……くぅ」

星羅はそれを見ながら、されるがままになっていた。

彩乃は星羅のユニフォームを捲くり上げ、ブラジャーのホックを器用に外して、乳房を揉んだり、乳首をしゃぶったりしてきた。

「先輩、オッパイの先が尖ってきましたよ」

「あくぅ……誰か来たら……」

「誰も来ませんよ。来たことありませんから」

経験者の言葉は重みがあった。

(くぅ、こっちも上手《じょうず》ね……)

彩乃の愛撫は軽やかで、同性の急所を的確に捉えていた。

「先輩の肌ってすごくきれい」

「……くうん、そんなこと……」

「嫌ですか？」

「嫌というか……」

星羅はもっと強く拒絶しないといけないと思いつつも、彩乃に秘密を握られているので、無碍《むげ》に断るわけにもいかなかった。

一方で、彩乃を見捨ててはならないという気持ちもあった。

こちらを見上げる彩乃の顔がひどく頼りない幼児《おさなご》のようだったからだ。

(わたし……彩乃ちゃんのことを何も知らない)

彼女は自分のことをいつもほとんど語らなかった。常に星羅の話を聞きたがっていた。

（どうして、もっと彩乃ちゃんの話を聞かなかったんだろう）

後悔にも似た気持ちが湧き上がった。

「先輩と叔父さんには同意があったんですか？」

消え入りそうな声で尋ねられた。

「……」

さすがに答えられなかった。

最初に押し倒されたときは合意ではなかった。だが、二回目は星羅からモーションをかけた。

（わたしから叔父さんを誘ったんだわ……）

他人から指摘されて、タブーだと再認識した。

（……いけないことだと知りながら）

彩乃が小さく呟いた。

「……やっぱり」

「なにが？」

「先輩の身体をキレイに清めますから」

彩乃は何をどう判断したのか、さらに愛撫を激しくした。乳房だけでなく、脇の下や臍まで舐めてくる。

「ダメよ……部活のあとだから……」

「汗がとっても美味しいです」

「あ、あくぅ……」

スコートのホックを外され、引き下ろされた。それを奪い返そうと抵抗した。

「暴れないでください」

「どういうこと？　え？」

星羅の前で彩乃がユニフォームを脱ぎはじめた。

裸体になった彼女はノーブラだった。

なで肩で華奢《きゃしゃ》だ。胸の膨らみも小学校高学年くらいで、まだ完全な円になっていないように思えた。乳首もピンク色で、尖りはなかなかのサイズだった。それに引き換え、ヒップはポンと後ろに飛び出しているのが少し大人びて見えた。

ただ、まだ骨盤が広がっていないので、女としてというより少女の愛らしさのほうが勝っていた。

星羅と決定的に違うのは、彼女の股間に恥毛が一本もなかった点だ。

「これでいっしょですから」

少し照れた様子で彩乃が星羅のいるマットに上がってきた。

そのまま星羅をマットに押し倒すと、太腿を摑んで左右に拡げてきた。

あまりにスムーズなので、気づいたときには、星羅が股を閉じられないように、身体を滑り込ませていた。

「……先輩、わたしも女同士は初めてですから」

「ちょっと待って」

「待ちません！」

彩乃は星羅に覆いかぶさってきた。

悠二と違って体重は軽く、肌は水を弾くほど瑞々《みずみず》しかった。

何より触れ合う乳房が気持ちいい。互いの秘密がキスするように重なり合うと、経験したことのない異質な電流が体中を駆け回った。

「あぁん、先輩の身体ってすごく気持ちいい」

「んん、こんなの……くひぃ」

星羅の身体の上、彩乃が小さい身体をリズミカルに動かしている。

乳首同士が鍔迫《つばぜ》り合いのように触れ、官能の炎が点火してしまう。

もっとも感じるのは、貝合わせになった秘裂だった。

（叔父さんのセックスとはまったく違う）

摩擦が生み出す快楽は筆舌に尽くしがたいものだった。

とろ火で情欲を熱せられていくようで、快楽物質が全身に広がっていく。

（女同士だと全身が感じるのかしら……）

未知の快楽に星羅は戸惑っていたが、身体が正直に反応してしまう。夥《おびただ》しい蜜汁を溢れ出させていたのだ。

「すごく濡れてきましたよ」

彩乃は星羅の片足を高く持ち上げると、上半身を起こして、股間を擦りつけてきた。

それと同時に足まで舐めてくる。

「あぁ、あくぅ……」

「見えますか？」

反射的に見てしまった。重ね合った割れ目が想像どおりに濡れていた。それだけならまだしも、摩擦により粘液が攪拌《かくはん》され白く泡立っていた。それが星羅の薄い陰毛に絡んでいるのだから、卑猥な光景だった。

ブレンドされた二人の愛液がさらに濃い恥臭を放っていた。

「あくぅ……」

「先輩のオマ×コ……トロトロですぅ……くぅ」

片脚を抱《かか》えたまま、彩乃が星羅に倒れ込んできた。

そのまま唇を吸いついた。

上下の唇から、クチュクチュと卑猥な音を響かせながら、濃厚な接吻が続いた。

（あぁ、イッちゃう……わたし、女の子に感じさせられて……）

絶頂に向かって身体が硬直したかと思うと、いきなり痙攣しはじめた。

「ああ……イクっ。んんん〜ッ！」

星羅は小さく悲鳴をあげた。

「ふふ、イッてくれましたね」

彩乃は嬉しそうに星羅から離れた。

だが、休む暇も与えてくれなかった。オーガズムの余韻に浸る暇もなく、指を膣内に潜り込ませてくる。

「くひぃ……だめぇ……」

「やっぱり、処女膜が破れてる」

怒気を込めた彩乃がピストン運動を早めた。

「あ、あ、あくう……また、イッちゃう！」

「先輩って感じすぎです」

「そ……そんなこと言わないで」

快感に耐えきれず、もどかしげにマットを掴《つか》んで星羅は身体を蠢《うごめ》かした。

彩乃が揺れる乳房を唇で捉えたかと思うと、乳首を唇で甘嚙みしてきた。舌先で転がしたり、弾いたりと刺激に変化を加えてくる。

（どうして、こんなにエッチが上手いの？）

星羅は彩乃のテクニックが疑問だった。

しかし、うまく考えがまとまらなかった。

「男よりも、女同士のほうがいいでしょ？」

「んん……あぁ」

星羅は口を押さえて、首を左右に振った。

「先輩って声を殺して喘ぐんですね」

「……」

「それってバレないようにしているんですよね？」

喘ぎひとつとっても、悠二との関係を指摘していた。

（本当に、この子……中一なの？）

彩乃のことで知っていることといえば、バドミントンが上手いこと、独特の存在感があることくらいだ。

彩乃は常に主導権を握っている。

「ここはどうですか？」

彩乃は短い指を深く入れるやいなや、第一関節をクの字に曲げて、膣襞を擦り上げてきた。

「んッ!?」

星羅は思わず悲鳴をあげてしまった。

それほど鋭い快楽があった。

「本当にすごい感じやすいですね」

「それは言わないで……あぁ、それにそこダメぇ」

「そこってどこですか？」

「あぁ、わからないけど、彩乃ちゃんがグリグリしているところ……くん」

わざと強く圧迫された。

なぜだかわからないが、他の場所とは感覚がまるで違っていた。膣襞の下に陰核が隠されているように身体が強制的に感じてしまう。

「ここはGスポットですよ」

「……Gスポット？」

「女の子がいちばん感じるポイントです」

彩乃はそう言うと、指を引き抜いた。

指に蜜飴がまぶされたように、濃厚なトロトロの粘液が絡んでいる。

それを彩乃は口に入れて舐めた。

「やぁ、そんなことしないで」

「とっても美味しいです。それにいい匂い……男の穢らわしいものを受け入れたみたいなので心配していましたが、雑菌はないようです」

もはや彩乃がセックスを経験しているのは疑いようもなかった。

「先輩、たっぷりと感じさせてあげますからね」

彩乃が指をペロリと舐めたあと、膣内に差し込んできた。

今度はGスポットというところを摘んだり、二本の指腹でこねたりしてきた。

「くぅ……んあぁ……」

先ほどよりも強い快楽刺激が身体中を駆け抜けていく。

「すごいです。膣がうねうねと蠢いてます」

「言わないでぇ」

「それに締めつけもすごい。わたしの指を奥へ奥へと誘い込んでる。うわぁ、すごい」

そう連呼して、顔を星羅の股間に近づけた。

口が開いた大陰唇の周りを焦らすように舐めはじめた。

さらに刺激を求めて陰核が疼きだしてしまう。

(もし、陰核を舐められたら……やだぁ、わたし、なに考えているの?)

星羅は冷静を装いたかったが、それはもう不可能だった。

彩乃がGスポットを押し上げてくる。

ちょうどその先にクリトリスがあり、肉豆が押し上がってくる。

彼女の舌が大陰唇をゆっくりと舐め、小陰唇との隙間を舌先で這わせてくる。だが、決して陰核だけには触れてこない。

「……んっ、んぁあ」

星羅は脚を忙《せわ》しなくばたつかせた。

「先輩どうしたんですか?」

「くぅ、あぁ」

「とっても苦しそうですよ」

「……意地悪しないで」

「言葉で言ってもらわないとわかりません」

チロチロと陰核の周囲を舐めながら、彩乃が言ってきた。

Ｇスポットへの責めも緩んでいる。

官能の炎が弱火になったが、快感を手放すことはできなかった。いけないとわかっていても劣情には抗《あらが》えなかった。

「彩乃ちゃん……舐めてぇ」

「どこをですか？」

「く、クリトリスを、ペロペロしてぇ！」

「エッチな先輩ですね」

「くぅ……」

星羅は後輩のテクニックに完敗してしまった。

彩乃が陰核を愛撫すると同時に、Ｇスポットへの責めを再開した。またたく間に淫蕩な渦に呑み込まれた。

「あ、あひぃ……いいッ！」

「誰も来ませんからもっと喘いでもいいんですよ」

「そ、そんなこと……」

ここは学校だ。だが、その背徳感さえ、スパイスになっていた。

「自分を解放するといいです」

「あ、あっぁ、感じるぅ……感じるわ」

「どこがいいんですか？」

「オマ×コとクリトリスが……いい、とってもいい！」

はっきりと声に出してみると、恥ずかしさとともに快楽が押し寄せてきた。

「もっと、もっと言ってください」

「あぁ、彩乃ちゃんにオマ×コをぐりぐりされて、感じているの！」

「それだけですか？」

彩乃が陰核を吸ったり、舌で小突いてきたり、舌先を高速で動かしたりしてくる。

「くひぃ、クリトリスも……あぁ、あ、そんなにされたら、イッちゃう。また、イッちゃうぅ！」

「感情に従って、イッちゃっていいんですよ」

もはや星羅は彩乃の操り人形だった。

「あぁ、イク、イク、イッちゃう！」

その瞬間、チュッと軽く陰核に接吻された。

スイッチが入ったように、星羅の子宮口から蜜汁が溢れた。

「あぁ、イクぅぅ!!」

星羅の背筋がマットから浮き上がり、指がマットを強く摑んだ。

そんな姿を彩乃はじっと眺めていた。

「先輩のイキ顔って可愛い」

「見ないで、あぁ、ダメぇ、イクゥ、イクゥ！」

星羅は顔を左右に振り乱した。

キャンプ場で悠二と味わった絶頂に匹敵したものだった。膣内が激しく収縮し、分泌された水飴が激しく飛び散るのがわかった。

プシュー、プシューと激しい音を響かせながら、彩乃の手の動きに合わせて飛び散っていた。

「すごい、潮吹きってやつじゃないですか」

「あぁ、あんん」

「初めて見ましたよ。先輩ってすごいエッチな身体なんですね」

それを聞きながら、星羅はあまりの快楽で意識が霞《かす》んでいった。

(叔父さんは……潮吹きは普通だと言っていたのに……違うんだ。わたし、エッチな子なんだ……)

第五章　セーラー服と汗と石鹸

◇

　悠二は貞操帯を嵌《は》められて一週間が経過した。

　最近、梅雨《つゆ》入りしてから雨が降りつづいていた。ジャガーのフロントガラスに激しく雨が打ちつけられていた。

「それじゃ、行ってくるね」

「あ……ああ」

　傘を差した星羅が走り去った。

　まるでその光景を見ていたかのように、彩乃からスマホにメッセージが入った。

『この前のカフェで』

悠二は急いでカフェに向かった。

ちょうど入り口付近で傘を折りたたんでいる彩乃がいた。車を駐車場に停めて、店のエントランスに向かう。

学校帰りなのか、セーラー服姿だった。

華奢《きゃしゃ》でまだ幼いのに、白い肌を見るだけで、ドキッとして股間が痛くなってしまう。

「……席取っておきますから、適当なドリンクを注文してください」

悠二は頷《うなず》いた。コーヒーとアイスココアにした。

店員から商品を受け取ると、彩乃を探して店内を見回した。

彩乃は少し奥まった場所に座っていた。

「……これでいいかな？」

貞操帯の鍵を持っている少女には逆らえず、お伺《うかが》いを立てるような言い方になってしまう。もちろん、この一週間、なにもせずに手をこまねいていたわけではない。だが、有効な手段をまだ発見できずにいた。

「第一試験には合格ってところかな」

彩乃はそう言うと、悠二に席に座るようにジェスチャーをした。

(偉そうに！)

相手は子どもだというのに悠二は顔を強張《こわば》らせた。

「そんな怒った目で見ないでください」

「……」

「そんなんじゃ、女性にモテませんよ？」

「……誰のせいでこんなことに」

悠二の嫌味を無視してドリンクを飲んでいる。

ムカつくが、だんだんそんな彩乃の魅力に囚われつつあった。柔らかそうな唇に視線が奪われ、ついつい勃起してしまいそうになる。だが、とたんに痛みに襲われる。

「んぐんん」

「つらそうですね」

「……くぅ。外してくれ」

「命令するんですか？」

「どうか、外してください」

悠二の懇願を無視して、彩乃はスマホを眺めている。

（とことん俺をナメている）

「仕方ないですね。じゃ、このホテルを予約してください」

指定したホテルは、以前ケータリングを頼んだ一流ホテルだった。

悠二は仕方なくその場でスマホから予約を入れた。ホテルの会員なので、スムーズだった。

「どうするんだ？」

「もちろん行くんです」

「え？」

「またトイレでやると思っていました？　嫌ですよ、あんな汚いところ」

「あ、ああ」

悠二はいくぶん冷めたコーヒーを一気飲みして、立ち上がった彩乃のあとに続いた。

他人にはどう見えているだろう。これから淫行しようとしている中年男に見えないだろうか。

◇　◇

星羅は塾で数学の授業の最中だったが、気もそぞろだった。

彩乃とのレズプレイは、あのあとも一回あった。

口では拒んでみたが、彩乃に叔父との秘密を握られていては、逆らえないというのが建前だった。

だが、またも絶頂に達してしまった。しかも、連続で。

口では拒否しても身体が欲《ほっ》するようになってしまった。

オーガズムは二度目のほうが凄まじかった。いや、二度目で激しく感じてしまったと言うべきか。

密会の場は決まって体育倉庫だった。体育の授業のときなど、他の生徒が体育倉庫に入るたびに自分の卑しい匂いが残っている気がして心がざわついた。

(こんな生活を続けてたら……おかしくなっちゃうわ)

いずれ誰かに気づかれてしまうかもしれない。人目の多い学校なら危険性は高い。

(でも、叔父さんとの関係も……他人からしたらイケないことなんだ)

なぜかこの一週間、悠二が星羅を求めてこなかったが、どこかで安心している自分もいた。だが、それとは相反する感情もあった。

（でも、どうしてわたしを求めてくれないの？）

また悠二との快楽に浸ってすべてを忘れてしまいたかった。

それなのに、叔父は以前のように再びよそよそしくなっていた。

そのとき、スマホにメッセージが入ったので、慌ててチェックをした。

『ゴメン。急用ができた。一人で帰られるよね？』

返信しようとしたとき、講師が星羅の机を叩いて小声で言った。

「授業中にスマホを見るとは余裕ですね？」

「あ、すいません」

「蔦谷さん、この問題を解いてみてくれるかな？」

講師はホワイトボードを指差して言った。

「わかりました」

星羅はそのままボードに歩み寄ると、問題をあっというまに解いてみせた。

「せ、正解です。さすがですね」

講師は呆気にとられていた。

一方の星羅は問題にはさして興味がないかのように深い溜め息をついた。

（自分の問題もすぐに答えが出るといいのに）

「先輩に連絡してくれました？」

「ああ……」

「先にチェックインしてきてください。わたしはあとから向かいます。目つきがヤバいから、サングラスでもしたほうがいいんじゃないですか？」

彩乃はそう言うと何がおかしいのかフフッと笑った。

「……いったいどうしたいんだ？」

「いえ、別に」

彩乃はまだ幼いのに、いやに大人の対応に慣れている。

（この子はいったい何者なんだ？）

◇

悠二は車をホテルの駐車場に停めた。彩乃は車から降りて、どこかに消えた。

フロントでチェックインを済ませ、客室に向かう。

廊下を見回したが、人影はなかった。

（さすがに警察はいないか。告発するつもりなら、とっくにしているだろう。本当に何が目的なんだ？）

相手の意図がわからないので、よけいに不安だった。

悠二はとりあえずロックを解除して部屋に入った。さすがに一流ホテルなので、清潔な室内だった。ひとまず窓際のソファに座った。

（クラシックモダンってやつかな。落ち着く部屋だ）

そのとき、チャイムが鳴った。

彩乃だった。部屋を見てもたいして驚きもせず、いきなり言い放った。

「ジロジロ見ないでくれます？　ロリコンのくせに」

「……すまない」

悠二は借りてきた猫のようになって慌てて視線を逸らした。

すでに不機嫌な彩乃はさっそく鞄の中から何かを取り出した。

「後ろを向いてくれませんか？　上着を脱いで」

「あ、ああ」

ここは素直に従うしかなかった。

「今度は手を後ろに組んで」

「……何をするつもりなんだ？」

「貞操帯を外してあげる。でも、その前に抵抗されたら困るから、手を拘束させてもらうわ」

「いやいや、そんなことするわけ……」

後ろを振り返ると、彩乃が手錠を手にしていた。本気なのだ。

そんなものをどこで入手したのだろう。新品には見えなかった。

「嫌なら、そのまま帰っていいのよ？」

「いや……」

「さっさと手を後ろに回して」

悠二は情けないことに後ろ手に拘束されてしまった。

次に悠二のベルトを外して、ズボンを脱がせた。

パンツを勢いよく剝ぎ取ると、ムッとむせ返るような臭気が漂ってきた。

「クサッ！」

傷つくセリフを平気で言ってくれる。

臭うのは当然だろう。貞操帯のせいで陰部を洗うことができないのだから、ギプスと同じように蒸れて異臭を放つことになる。

彩乃は顔を背けて、ロックを解除して貞操帯を外した。

たちまちムクムクとペニスが屹立した。

「うぅ、洗ってきてよ」

「手が使えないんだ」

今まで彩乃が主導権を握ってきたが、ほころびが見えはじめた。

悠二は禁欲生活で性欲が高まってきている。

「来て」

彩乃の指示でバスルームに連れ込まれ、シャワーを下半身に浴びせられた。

その水流だけで気持ちよかった。

「ううぃッ!」

まるで性に目覚めたばかりの思春期の男子のように、敏感な反応をしてしまう。

(思いっきりしごきたい)

しかし、手を拘束されているので、それも叶《かな》わない。

彩乃が泡立てたボディソープでペニスを擦ってきた。

それだけで腰の奥から激しい衝撃が沸き起こり、全身を駆けめぐった。

「うぅ、んあぁ!」

「やだ、変な皮がポロポロ取れる」

恥垢が剝ぎ落とされていった。

皮膚をダイレクトに擦られ、悠二の肉棒は痛いほど膨張した。尋常じゃない量の先走り液が溢れ出ている。

「苦しいんでしょ？　イカせてあげるわ」

当然のことのようにそう言った。

（いったい何が目的なんだ）

悠二の怪訝《けげん》そうな顔に気づいたのか、彩乃が答えた。

「嫌なら貞操帯をつけてもいいのよ？」

「いや、それは……このままよろしくお願いします」

「……調子に乗らないでね」

冷たく言い放たれた。

彩乃の可愛らしい容姿にダマされてはいけない。今も親指を裏筋に当てて、ペニスをしごきだした。一定のリズムで悠二を絶頂に導こうとしている。

「ん、んあぁ、あぁ」

泡まみれの肉棒がピクンピクンと跳ねる。

むず痒くなり、さらなる刺激を求めて腰を前後に揺らしてしまう。

「ほんと、しょーがない男ね」

そう吐き捨てるように言うと、彩乃はシャワーを逸物に浴びせた。

「ああ……頼む、イカせてくれ」

二周り近くも年下の少女に大の男が懇願している。

自分でも情けないが、それほど禁欲生活がつらかったのだ。

シャワーの刺激だけでも射精できないか、腰を無闇に振った。もはや恥も外聞《がいぶん》もなかった。

すると、シャワーまで止められてしまった。

「……あぁ」

情けない声が洩れた。

彩乃はさっさと切り上げて浴室から出ようとする。

「そこで待ってて」

そう命じられても一度火がついた欲望をどうしようもできなかった。

今すぐにでもペニスに刺激が欲しかった。

悶えていると、ドアが開いた。

「もう出てきていいよ」

彩乃は髪が濡れているので、セーラー服姿がなんとも悩ましい。

深雪のことを思い出した。プールの授業が終わったあとの、濡れた髪にセーラー服という取り合わせは艶めかしかった。

「あなたに、裸を見せるわけないでしょ！」

彼女はなにか勘違いしているようだ。

悠二のような男には、むしろ制服姿のほうが魅力的に思えるのだ。失われた青春を取り戻せる気がするし、相手が中学生という禁忌感を強めてくれるからだ。

まるで童貞少年のように目がギラついているのを自覚した。

「今にも飛びついてきそうで、怖いんですけど……」

「すまん。君があまりに魅力的だから……」

「そんな調子のいいことを言われても嬉しくないわ」

彩乃は気だるそうにそう言ってベッドを指差した。

「……」

「さっさと横になってよ」

「はい」

悠二はベッドに仰向けに寝転がった。

ずっと勃起したままの男根が天井を向いてそそり勃ってしまう。

「……はぁ」

彩乃は嫌々といった感じでベッドに上がってきた。そして、悠二の脚の間に膝をついた。

(何をする気だ？)

そう思った瞬間、顔が悠二の股間に近づいた。

「ちゅ、ぬちゅ」

「うおッ！」

思わず歓喜の声が溢れた。

小さい唇で亀頭をぱっくりと咥えてきたのだ。それだけでも、射精してしまいそうになるが、必死で我慢した。今度は雁首と肉竿の縫い目に舌を這わせてくる。

しかも、その舐め方がおざなりではなく、舌先でチロチロと刺激したかと思えば、舌の腹をねっとりと押し当てて、ゆっくりと舐めあげてくるのだからたまらない。

「くぅ……んん……んおぉぉ！」

「もうやだ。大きいだけでなく、なんでこんなに先走り液が出ているの！」

彩乃は悠二のそれを飲み込むことはしないので、唾液混じりの粘液が肉竿にたらたらと垂れていった。口を前後に動かすたびに滑りが増していく。

「イクときはちゃんと言ってよ」

彩乃は冷たく命令すると、肉竿を両手でしごきだした。

（いったいどこで覚えたんだろう）

普通のセックスの経験から来るものとは思えなかった。

（どういう家庭で育ったんだろう？　あの名門校にいるんだから、それなりに裕福な家庭の子だろう。そんな子がパパ活なんかをすることなんてあるんだろうか……）

上半身を起こして彩乃を覗き見た。

セーラー服姿の彩乃が自分のペニスを一心不乱にしゃぶっている。

小さい頭が上下するたびに、セーラー服が揺れて胸元が大きく開き、薄い乳房の谷間が見え隠れする。

背徳感で脳が痺れてしまう。

「くぅ！」

それは急に訪れた。

いきなり高まった射精欲は悠二の制止も効かずに、一気に爆発した。

「ああ、出る！」

「きゃあ!」

濃い一発目が彩乃の小さい口の中に勢いよく噴出した。

それは少女の予想をはるかに超えていたのだろう。彩乃はすぐさまペニスを吐き出した。だが、悠二の肉棒は続けざまに二度、三度と射精した。

そのたびに夥《おびただ》しい量の白濁液が彩乃のロリ顔に着弾した。

「いや、きゃあ、やめて!」

「すまない。止まらないんだ」

「本当に最悪なんですけど」

彩乃は顔を何度も洗って、髪も洗い直した。それでも、まだ精液がこびりついているようでしかめっ面《つら》をしている。

悠二のほうは太腿や腹に飛び散った白濁液はそのままで放置されている。

落ち着いて考えてみても、彩乃がなぜこんなことをしてくれたのか理解できなかった。

「君はなぜ……」

「わたしだってやりたくないわ」

彩乃が子どもっぽく唇を尖らせて言った。こういう表情のときは本当に子どもにしか見えない。ふてくされまま彩乃は言葉を続けた。

「でも、先輩が魅力的すぎるから」

「先輩？　星羅のことか。どういうことだ？」

「手コキだけだと満足できなくなって、また先輩に手を出すでしょ？」

「……貞操帯を嵌めたじゃないか」

「本気で外そうとしたら、できるはずだわ」

彩乃の言うとおり、他人に手伝ってもらえば可能だろう。だが、その他人になんと言えばいい？　恥ずかしすぎて頼めるわけがない。この少女は男の矜持《きょうじ》が理解できていないのだ。だが……。

（この子はそれをわかっていて、こんなことをしてるんだ）

悠二は彩乃をじっと見つめた。

（もちろん、俺のためじゃない。星羅のためだ）

だが、星羅がいかに憧れの先輩とはいえ、ここまでのことをするだろうか。

「なぜ、そこまでして星羅に？」

「……わたしと同じだと思ったから……」

少女に特有の思い込みだろうか。

だが、もっと深い理由があるような気がした。だが、そこには触れられたくないのだろう。彩乃はこちらに顔を背けている。

「一つ、提案していいかな？」

「何？　聞いてあげてもいいわ」

彩乃はそっぽを向いたまま言った。

（これは賭けだが、言ってみるしかない）

悠二は少し緊張して、ツバを飲み込んだ。

「俺が星羅としていることを、君にもさせてくれないか？」

「え？」

「君は俺たちの関係に気づいているはずだ。でも、実際にどんなことをしているか知らないはずだ」

「そんなことわかるわ」

「どうしてわかるんだ？」

「……」

彩乃が押し黙った。

「君が星羅のことを大切に思っているなら、俺と星羅の関係を知りたいんじゃないのか？」

「……わ、わかったわ。好きなようにして」

彩乃は悠二の手錠を外すと、ベッドに横になった。

挑戦的な目をしている。相手は少女だからといって舐めてはいけない。

「君を……星羅だと思うことにするね」

「うん」

「それなら……いくよ」

「ごちゃごちゃ言ってないで、さっさとやりなさいよ」

彩乃から罵倒されても、なぜか怒りが湧かなかった。むしろ、虚勢を張っているのが可愛らしくも思える。

悠二はおもむろに彩乃の足裏を舐めた。

「ひ!?」

驚いた彩乃にかまわず、足指の隙間にまで舌を這わせ、一本一本指を口に咥えていく。

それから、ゆっくりと足に移動して、小さくまん丸い膝を舐めた。傷一つない綺麗な膝小僧だった。

(星羅にもこんなことしたことないが……)

吸いつくと、皮膚のほうから密着してくる。

「いつも、こんなことしているの?」

「あぁ、何か変かな?」

「……くぅ」

彩乃は身体を捩った。

どうやら、彼女はこういう愛撫は初めてのようだ。そのまま太腿を舐め上がっていく。

(脚も細いし……星羅よりもずっと子どもだ)

悠二はスカートの中に頭を潜り込ませ、さらに上を目指した。

(本当に俺と最後までやるつもりだったんだろうか……)

太腿も脂肪が薄くて、まるで少年のようにしなやかだ。そして、秘部に到達した。

パンティのクロッチに舌を押しつける。彩乃が小さく呻いた。

いつもならじっくりパンティを堪能するが、今日はショートバージョンだ。一気にパンティを剝き下ろした。

最初は暗くて気づかなかったが、そこにはあるべきものがなかった。

（ま、まさか、パイパン!?）

思わず身体を起こした。スカートを捲くると、ツルツルの花園が露《あらわ》になった。

彩乃は奥歯を嚙み締めたまま大の字になっている。

ふっくらとした割れ目は白桃のように美しく、色素沈着などまるでなかった。それなのに、脚を開くと容易に割れ目が口を開いていた。その開き具合は、性体験の少ない星羅よりも大きく、小さい花びらが目いっぱい開いている。

膣口がぱっくりと開いているのだ。

（やっぱり、セックスを経験しているんだ）

悠二は少女が不憫《ふびん》に思えてきた。

そのとき、彩乃に胸を蹴られた。

「同情なんてしないで！」

彩乃は目に涙を浮かべていた。そしてそのままホテルの部屋から出ていった。

◇◇

星羅は塾が終わったあと、雨が降っていたが、マンションまで歩いて帰るつもりだった。

だが、スマホに悠二からメッセージが入っていて、近くで待っているという。

確かに近くに車が停まっていた。

「叔父さん、用事は終わったの？」

「あぁ」

短い返答からは、それ以上のことは聞けない雰囲気があった。

車はゆっくりと走りだした。

（きっと、一週間以上、わたしが避けているから怒っているんだわ）

星羅は彩乃との関係をいつか話さないとならないと思いつつ、どうしても言い出せなかった。気まずい空気が流れた。

ふと、車内の匂いがいつもとは違うことに気づいた。

（なんだろう？　叔父さん、お風呂上がりなのかな？）

よく見ると、髪の毛がしっとりと濡れている気がする。

「もしかして誰かと会っていた？」

「あぁ」

「女性？」

「……そうだな」

少し考え込むような顔をして、あっさりと認めた。

（……他の女性と会ってたのね。叔父さん、素敵だから。子どものわたしなんて……）

そう思うと、なんだか悲しくなってきた。

「……ごめんなさい」

「どうしたんだ？」

悠二が驚いたように車を路肩に停車させた。

星羅はしがみついてきた。

「ごめんなさい。ごめんなさい」

「なんで謝るの？　星羅は何も悪くないよ」

悠二が優しく頭を撫でてくれた。そんなことをされるとさらに涙が溢れた。

「わたしのこと……もう興味がなくなった？　ううん、嫌いになった？」

「嫌いになったりしないよ。俺は……星羅がずっと好きだ」

「ほ、本当？」

「何言ってるんだ」

悠二がそう言って星羅を抱きしめてくれた。

しかし、キスされなかった。

（やっぱり、様子がおかしい）

そのとき、悠二が星羅の肩に手を置いて語りかけてきた。

「実は……俺……」

その内容は驚くことに彩乃に関するものだった。

◇

悠二は情けないが、彩乃から脅されたことに始まって、これまでの経緯を包み隠さず伝えた。今日はホテルまで行ったことも。

「彩乃ちゃんをどうするの？」

「……最初は憎んだけど……」

「けど？」

「あの子はそこまで悪い子には思えないんだ」

星羅を守ろうとして取った行為は常軌を逸しているが、彩乃が悠二を本気で貶《おとし》めるつもりなら、他にもいくらでも方法があったはずだ。

警察に通報することもできたはずだ。

悠二は彼女のことが少し理解できた気がした。

星羅のためなら何でもできると自分自身も思っていたからだ。

「わたしも……彩乃ちゃんは悪い子には思えない。なんだかハリネズミみたい」

「え？」

「身を守るためにトゲを出すの」

「友だちもいないみたいだね」

「うん……でも、なぜか、わたしにだけは懐いてくれたの。単に友だちの作り方がわからないいんじゃないかな」

そういうと、星羅は同情して涙をこぼした。

◇　◇

マンションに帰宅すると、星羅はセーラー服のままエプロンを身につけた。

無性《むしょう》に母親の手料理が食べたくなって、電話でレシピを教えてもらった。

遅い夕食だった。

「この玉子焼き、すごく美味しいね。出汁《だし》が効いている」

「でしょ？　わたしも大好きだったの」

悠二はいつもなら寝る時間だったが、明日は土曜日で仕事も休みのはずだ。

星羅は思いきって誘ってきた。

「提案があります。土日と祝日は仕事しないよね？」

「ああ、海外のマーケットは祝日でも開いているところがあるけど、仕事しないようにしている。キリがないからね」

「休みの前日なら、わたしといっしょに寝てほしいの」

「え？　それって？」

「言葉どおりの意味だよ……嫌かな？」

悠二が彩乃と親密な関係を持ちそうになったと聞いて、星羅に二つの感情が芽生えた。一つは彩乃が不憫だという想い。

なぜなら、彼女はセックスでしか星羅を繋《つな》ぎとめておくことができないのだ。それは彩乃がそういう方法しか学んでこなかったことを意味している。

もう一つの感情は……。

（叔父さんを盗《と》られちゃう）

魅力的な悠二が他の女性に狙われなかったのは、単に彼が引きこもりだったからだ。星羅と暮らすようになってから外に出る機会が増えている。悠二は気づいていないが、街に出ると、女性がちらちらと叔父を見ていることに気づいていた。叔父はけっしてモテないわけじゃないのだ。

「……どうして睨んでるの？」

「叔父さんがカッコいいからいけないんだよ」

そのとき、給湯器のチャイムが鳴った。

「先に入ってきたら？」

星羅はさらに目を細めて睨んだ。

「……そのジト目、なに？」

「勘が鈍い鈍い叔父さんを糾弾する目だよ」

「……」

「わかんないかな？　いっしょに入ろうって言ってほしいの」

星羅はぶっきらぼうにそう言うと、叔父の手を取って脱衣所に連れていった。

悠二はさっさと服を脱いで浴室に入っていく。

「先に入ってるよ」

「ちょっと待ってよ。先にやることがあるでしょ？」

星羅は背中を向けたまま手を高く上げた。以前、お願いできなかったことをおねだりして、心臓が高鳴った。

悠二が無言でセーラー服とスカートを脱がしてくれた。残りはブラとパンティだけだ。

脱がされるとき、肌に指が触れるだけでゾクゾクした。下着もゆっくりと脱がされていく。目の前の鏡を見ると、頬を真っ赤にした少女が映っていた。

「……!?」

「先に入っているね」

「いっしょに入るの！」

浴室は広々としているので、悠二との距離が離れていた。

「叔父さん……背中、洗ってあげる」

「……あ、おう、お願いしようかな」

なんともギクシャクした会話だ。

悠二がボディソープとスポンジを手渡してくれた。それを泡立てながら、星羅は思いついた。

「ああ……」

悠二が情けない悲鳴をあげた。

広い背中に星羅は自分の身体をこすりつけていた。摩擦でボディソープが泡立ち、乳房の谷間から湧き出てきた。

「どう？　気持ちいい？」

星羅は身体を前後に動かしながら、悠二の背中を洗っていく。

（大きい背中だな。もうなんでこんなことで胸が苦しくなるの？　乳首も勃ってきたし……お股も濡れてきてる）

息を吐きながら、星羅は両手に泡を乗せて悠二の胸を撫でた。

「オッパイが背中に触れていて、気持ちいいよ」

「恥ずかしい……」

星羅はストレートな物言いに、叔父の乳首を抓《つね》ろうとした。

「くぅ、感じてしまう」

「叔父さん、立って。全身を洗ってあげる」

悠二が立ち上がると、星羅はまずは脚に身体を滑らせた。乳房の谷間に太腿を押し当てて、上下に身体をスライドさせる。男の筋肉と無駄毛が皮膚の上を滑るたびに、ゾクゾクする。

両手にも同じことを繰り返した。

途中から、星羅の股間に悠二が手を伸ばして悪戯をしてきた。

「もう……そんなことしていると……」

星羅も仕返しとばかりに、悠二のペニスを泡まみれの手でしごいた。

さらに硬く大きく勃起した肉砲に星羅は身体を押し当てた。

身長差があるので、男根がお臍あたりに来てしまう。星羅は背伸びをして密着度を高めて、悠二の裏筋を擦っていく。

「う、うぅ……どこでこんなことを」

「泡をつけて身体をこすりつけたら、叔父さんが悦ぶかなって」

「くぅ……天才か」

自らソーププレイを編み出したことに当の本人は気づいてはいなかった。

「えへへ」

顎を上げて呻《うめ》く悠二の首に両手を回し、乳房が潰れるほど彼の胸に押し当てた。

「叔父さん、今日は一回出しているんだよね？」

「あ、あぁ」

悠二が素直に認めた。

だが、ペニスはカチコチに硬くなっている。

このまま絶頂に導くのはもったいなく感じられた。

「はい、おしまい」

星羅はさっとシャワーを浴びて、泡を流した。

背後に恨めしげな視線を感じたが、あえて気づかないふりをした。

「寝室で待ってるね」

そう言うと、星羅は脱衣所で握りこぶしを作った。

(彩乃ちゃんに負けないわ)

◇

悠二が寝室に戻ると、すでに星羅がベッドに横になっていた。

近づいてみると、目を閉じてじっとしている。長い睫毛が可愛くカールしていて、人形かと思うほど現実味のない美しさがあった。

「……」

「寝ているなら仕方ないな」

「寝てないよ」

パチリと開いた瞳には星が輝いているように見えて、愛しさがこみ上げる。

「……」

「ちょっと、恥ずかしいよ……」

星羅は掛け布団を口元まで引き上げた。

(さっきまで裸だったのに……今さら恥ずかしいのか)

少女のちぐはぐな羞恥心がいじらしくもあった。

「綺麗な身体を見ちゃうおうかな?」

ベッドに脚を乗せて、星羅の布団をまくった。

そこには想像もしていないものがあった。

星羅は半袖のセーラー服とプリーツスカートを着ていたのだ。

制服の乱れた皺が幼い色香を振りまいていた。

「……だって、彩乃ちゃんと制服のままエッチをしようとしたんでしょ?」

「最後までは……」

思わず言い訳がましい態度を取ってしまう。

「だから、最初はわたしとして」

「……」

悠二はパンツを脱いだ。脚に絡んで、バランスを崩しながらもベッドに飛び乗った。

そして星羅の上に四つん這いになって覆いかぶさった。

少女は祈るように胸の前で手を重ね合わせている。

(なんだか……罪深く感じるな)

セーラー服のせいでよりいっそう背徳感が強くなっていた。

その禁忌感は彩乃の比ではなかった。

悠二はそっと星羅の桃のような頬にキスをした。

「あ、あん」

それだけで星羅は切なく喘ぎ、甘いため吐息をついた。その熱い息吹《いぶき》が悠二を興奮させる。

下半身に血が流れ込むと、猛烈に欲求が高まっていく。懸命にそれに抗《あらが》いながら、星羅の頬から顎にかけてキスをしていった。

星羅が身悶えて仰け反ったので、その白い喉に吸いついた。

「くぅ……あ、あぁ」

そのまま降りていき、左右の鎖骨と合間の窪みを舐めた。

それまでボディソープの匂いが強かったのに、急にセーラー服に染み込んだ少女特有の甘い香りが幅を利かせるようになってきた。

星羅が悠二のいきり立ったペニスを握りしめた。

悠二は星羅のセーラー服を捲くり上げようとしたが、うまくいかなかった。

「……サイドのファスナーを上げて」

星羅の助言に従った。言われたとおりにすると、簡単に捲くり上げることができた。

「……ノーブラなんだね」

「だって、一度着たものを身につけたくなかったもん」

「新しいやつを着たらよかったのに」

「あっ！」

初めてそのことに気づいたようで、顔を真っ赤にしている。

「可愛いよ」

悠二は星羅の乳房に吸いついた。

ミルクをこぼしたように白い肌は薄桃色にすぐに染まり、キスマークを浮かべている。さらにお腹へと下がっていった。

「あぁ……」

星羅が身悶えると、濃紺のプリーツスカートが波打った。

「学校にノーパンで通ってみる？」

「……はぁあん」

想像したのだろう。星羅は紅色に染まった頰を左右に振った。

（なんて可愛いんだろう。俺は……絶対に星羅を幸せにしてやる。だが、星羅がここにいるのは、兄さんの海外赴任が終わるまでだ……）

その後、星羅は当然家から出ていくことだろう。

そう思うと、無性に寂しくなった。

「星羅……俺は、君と一生……いっしょにいたい」

「わたしも……ずっと叔父さんといたい」

星羅が瞳を潤ませて訴えてきた。

二人は互いに唇を重ね合わせ、ねっとりと舌を絡めていた。

星羅はキスをしながら、頭がぼうっとしていた。

(将来、叔父さんと結婚とかしちゃったりして)

ウェディングドレス姿の自分を想像して星羅はうっとりした。

しかし、悠二の手がスカートの中に侵入してくるとそれはたちまち消え失せた。

「んん、んあぁ」

脚を閉じようとしても、少し太腿を押さえられるだけで、素直に開いてしまう。

あっというまに恥ずかしいM字開脚になった。

スカートも太腿の付け根付近まで捲くり上げられて、悠二が太腿の感触を味わうように撫でてくる。

股間まで到達するのも時間の問題だ。

星羅は懸命に舌を絡めようとするが、喉の奥から官能の歓びがこぼれ出てしまう。

悠二が両手をついて身体を起こした。

「見ないで……」

◇　◇

星羅が股間を隠すが、悠二が手を押さえた。

「見せてくれるよね？」

優しい口調で言われると、星羅の子宮がさらに疼いた。

あそこがどんな有様になっているかは見るまでもない。好きだからこそ、見られるのが恥ずかしかった。

それなのに、身体は真逆の反応をしてしまった。

「……はい」

星羅はスカートを摑んで捲くり上げた。

「おお、びしょびしょじゃないか」

「……そんなふうに言わないで」

「お漏らししたみたいにスカートも濡れている。これだと、ノーパンで登校するのは無理だよね」

「……でも叔父さんが望むなら……ノーパンでもいいよ？」

「……魅力的すぎる提案だ」

悠二はそう言うと、星羅の股間への愛撫を始めた。

（学校や教室でこんなふうにされたら……）

淫らな想像をするだけで、蜜汁が次々と溢れてくる。そのとき、膣口に唇を押し当てて、悠二がことさら大きい音を響かせて吸引した。

ひとたまりもなかった。

「あああん！」

自然と膝を立てて、お尻が浮いてしまう。

すると、今度は濡れそぼった会陰を舐めはじめ、あろうことか肛門まで舌を這わせてきた。

「そこは汚いわ……くぅ」

「汚くなんかないよ」

「だ、だって……そこは、あひぃ」

「ここがなんだって？」

悠二が舌を尖らせて、星羅の肛門を抉《えぐ》るように舐めてくる。

「あうぅ……そんなこと聞かないで」

「聞かせてほしい」

今度は舌を目いっぱい拡げて、尻の穴をプレスしてきた。

排泄器官に愛撫を受けるなど、星羅には想像できないことだった。だが、もっと予想外だったのは、菊蕾を責められて、恍惚としてしまう自分がいることだった。

「だって、そこは、う、ウンチがでるところだもん。舐めたらダメ」

星羅は思わず悲鳴をあげた。

さすがに悠二もやりすぎたと思ったのか、愛撫をいったん中断した。

「ごめん、ごめん。だけど、星羅に汚いところなんてないんだよ」

「……嫌われちゃう」

「どういうこと？」

「綺麗じゃないと、嫌われちゃうもの……」

「……」

悠二が強く抱きしめてきた。

「ひゃん！」

「たとえ汚くても、嫌ったりなんかしない」

「……本当？」

「だって、俺だってが汚なくて、ダメな男だからね。それでも、星羅が俺を受け入れてくれたんだ。俺だって星羅のことを受け入れないと」

星羅は頬を膨らませていたが、次第に微笑んだ。

「叔父さんって、とっても可愛いね」

「大人を捕まえて、可愛いとはなんだ？」

悠二は星羅の頭に拳をこつんと当てた。

「てへへ。でも、叔父さんは私を傷つけないように一所懸命なんだもの」

「当たり前だろ？　可愛い姪っ子を守るのが叔父の役目だからな。今はちょっと傷つけちゃうかもしれないけど……」

悠二が肉棒を握りしめて、秘口に添えてきた。亀頭を大陰唇が優しく包もうとする。

二人は見つめ合った。

（来て！）

意思が伝わったのか、悠二が腰を突き出してきた。

ズズズッと硬く屹立した男の分身が潜り込んでくる。

「んあぁ！　あぁん！　入ってくるぅ！」

「ああ……」

苦しそうに悠二が呻いた。

「大丈夫？」

「ああ……締めつけが強くて、俺のを食いちぎろうとするみたいだ」

「気持ちよくって身体が勝手に……んんぁ」

星羅は悠二を苦しめているとは思っていなかったので、何度か深呼吸した。括約筋が緩んだと思うやいなや、ピストン運動が始まった。

(わたしたち……繋がっているんだ)

そう思うと結合部を見てみたくなった。

上半身を起こそうとすると、どうしても力が入ってしまい、悠二が苦しげに呻いた。

「オマ×コが蠢いて気持ちよすぎる!」

「わ……わたしね……ん、んあぁ」

「どうした?」

二人は快楽に翻弄されていく。

星羅は破廉恥なことも、ふだんなら絶対に口にしなかっただろう。

「叔父さんと繋がっているところが見たいの……あふぅ」

悠二は枕を腰に当ててた。ただ、この体勢だとお腹が幼児体型のようにぽっこり出て、結合部が逆に隠れてしまう。

セーラー服も邪魔だったので、星羅はさらに乳房まで捲くり上げた。

「行くぞ！」

悠二は合図をすると、下半身が高く持ち上げた。

スカートが捲くれ、結合部が丸見えになった。

（いやぁん……想像以上にエグい……で、でも、すごい）

割れ目に杭のように太い男根が打ち込まれていた。

それが上下に動くたびに、ピンク色の花唇が肉茎に絡んだり、巻き込まれたりする。まるで星羅の花壺が男の象徴を貪《むさぼ》っているように見えた。

（わたしって……こんなにいやらしい身体だったんだ）

強い恥じらいとともに、鋭い快楽が駆け抜けていく。

汗腺が開ききって、身体中が火照っている。

結合部からは蜜汁が溢れ、臍の下までたらたらと幾筋もの川を作って流れている。

しかも、膣内で激しく攪拌されて、ホイップクリームのように泡となっていた。

「あぁあん……」

「くぅ……膣のヒダヒダが波打って……締めつけてくる」

「んんぁ、ごめんなさい……止められないの」

「星羅の身体は最高だ」

悠二がさらにストロークを大きくした。

打ち込まれるたびに間欠泉のように蜜汁が溢れた。

「あ、あひぃん。すごい……すごいっ、オマ×コで感じちゃう。わたし、もう……」

「俺もイクぞ」

「はひぃ……わたしもオマ×コでイッちゃうぅ！」

二人とも獣のように吠えた。

同時に視界がホワイトアウトした。

気絶してしまうような強烈な快楽が脳天を叩き、血が沸騰し、全身の細胞を覚醒させた。

「あくぅん！　最高。わたし、飛んじゃいそう！」

「中にたっぷり出しているぞ」

「お腹の中に出ているのわかる。あひぃん！」

二人とも肉体が溶け合うかのような至高の時をすごした。

星羅は汗まみれのセーラー服を脱いで、裸で悠二のベッドで寝ていた。

星羅が悠二にしがみついた。

「セックスって、こんなに気持ちいいなんて知らなかった」

「……俺もだよ」

「彩乃ちゃんにも教えてあげたいな」

「……」

悠二は沈黙をしたままなので、星羅がさらに続けた。

「叔父さん、彩乃ちゃんを助けてほしいの」

「わかった。星羅がそれでいいなら……」

強い決意がこめられていた。

第六章　俺にもモテ期到来！

◇

悠二は興信所に依頼して彩乃の身辺を調査した。

予想どおりというべきか、再婚相手の義父から性的虐待を受けていたようだった。児童相談所が動いた記録があるが、深くは立ち入れなかったのだろう。母親も事実を隠蔽《いんぺい》し、まったく役に立たなかった。

義父に当たる人間は一流企業の役員らしいが、素行不良で女性トラブルも多かった。

家庭問題に第三者は介入できないが、悠二はある方法を思いついた。ハニートラップだ。

女性の探偵を使って、その義父に接近させた。行きつけのバーで逆ナンパしてホテルに誘った。男がシャワーを浴びている隙にスマートフォンから、あらゆるデータを吸い上げた。

案の定、違法サイトへのアクセス履歴やら娘の虐待動画が見つかり、さらには動画をアップロードして販売までしていることが判明した。鬼畜のような男だった。

悠二は匿名で警察に通報し、当然のことながら義父は逮捕という運びになった。母親は精神を病んだ。

肝心の彩乃に対しては、あらゆる支援をすることを誓った。

情けは人のためならずというが、まさにそれを実感していた。

人生に欠けていたピースが、一つ嵌《はま》ったような気がした。


すべてが落ち着いたのは星羅たちが夏休みに入ってからだった。

「ただいま」

悠二が帰宅すると、すぐに星羅が出迎えてくれた。

「お疲れさま。夕食にする？　それともお風呂？　それとも、わ・た・し？」

おどけてみせる姪の姿に疲れも吹き飛んでしまう。

「ごめん……ご飯は食べてきたんだ」

「……そっか」

星羅がシュンと肩をすぼめた。

「残りの二つは同時に選べるのかな？」

「……え？」

「お風呂にいっしょに入ろうよ」

「ッ！」

星羅は顔を真っ赤にした。いつも初《ウブ》な反応をするからそれもまた愛らしかった。

「汗臭いオジさんは嫌かな？」

「ううん、そんなことない……じゃあ、先に入ってて」

「わかった」

悠二はシャワーを浴びて湯船に浸かってため息をついた。すると扉が開く音がかすかに聞こえてきた。足音を殺して消して近づいてきているつもりだろうが、さすがに気配でわかる。

（いちおう気づかないふりをしておくか）

星羅がどんなサプライズを用意してくれたのかと期待すると、現金なものでペニスがたちまちいきり立ってくる。

だが、湯船に入ってきたのは二人だった。星羅は縁に白いラインがある濃紺のスクール水着を着ていた。一方、同じスクール水着を着た彩乃がいた。

彩乃は伏し目がちに悠二の肉棒をいきなり掴んできた。

「どうして……君が？」

「……鈍いですね」

彩乃は唇を尖らせて、悠二を少し睨んだ。だが、以前のように目に憎しみはなかった。

「……」

「アイツをこらしめてくれたことは感謝しているのよ。でも、中学生に一人暮らしはどうなのかしら？」

「彩乃ちゃん」

星羅が少しきつい口調で彩乃をたしなめた。

彩乃はいつになく項垂《うなだ》れた。

「わたしを救ってくれて、本当にありがとう……」

そう言って彩乃は悠二に身体を密着させてきた。

「うう……」

「これしか……今はお礼の方法が思いつかないから」

「いや、しかし……これは」

悠二は狼狽《ろうばい》した。

助けた少女を自分が抱いては義父と同じ穴の狢《むじな》になってしまう。

彩乃の肩を押さえて引き離そうとしたとき、予想外のことに星羅が背中に抱きついてきた。

「叔父さん、女に恥をかかせないで」

◇　◇

星羅はこの前と同じようにソーププレイをしかけた。

そういう名前があると知ったのは彩乃のおかげだ。

三人でいっしょにお風呂に入ろうと提案したのが半日前のことだ。

そこで、これまでどういうことをしてきたのか、星羅は少し自慢げに話した。だが、彩乃のほうが一枚上手だったというわけだ。

濃紺のスクール水着も泡だらけになり、少しざらついた生地の表面で悠二の皮膚を擦っていく。

悠二の首筋を洗いながら、牡のホルモン臭に頭がクラクラした。

（はぁあん、叔父さん、最近エネルギッシュでいちだんとカッコよくなってきた）

スクール水着の股間が蜜汁で濡れていることに気づいた。

「よし、今度は俺が二人を洗おう」

悠二が星羅と彩乃を並べて、剝き出しの手脚を丹念に洗っていく。

だが、スクール水着に隠れた部分には触れないので、まるで蛇の生殺しのように切なくなってくる。

彩乃も声を殺して腰をくねらせていた。

「……くぅ」

「よし、二人とも壁に手をついてお尻を突き出すんだ」

星羅と彩乃は言われたとおりにした。二人とも期待したようにヒップを撫で回された。

「あぁ、んんぅ」

スクール水着越しに割れ目を愛撫され、排泄器官にも指を押しつけられたりした。だが、生地が邪魔をしていて、官能の炎はずっと弱火のままで肉体を焦らしつづけた。

星羅は思わず桃尻を揺らすと、彩乃のヒップとぶつかった。どうやら、彼女も我慢できなくなっているようだ。

「くぅ……あぁ、叔父さん、もっと、もっとぉ」

「これならどうだ？」

悠二がスクール水着をグッと摑《つか》み、星羅のお尻に食い込ませた。

ハイレグ水着のように双つの尻肉が丸見えになり、さらに生地を引っ張り上げられた。

それが陰裂や肛門に食い込んで、いっそう鋭い刺激となって少女を悩ませた。

「あぁ、い、いいい……オマ×コが擦れちゃう」

星羅は彩乃の存在も忘れてしまいそうになるほど嬌声をあげた。

（このまま……してほしい）

そう思ったとき、彩乃も消え入りそうな声で訴えた。

「わたしにも同じことして……」

「ん？　なんだって？」

悠二はわざと聞こえないふりをした。

「あぁ、わたしにも先輩と同じように意地悪してください」

「意地悪とは人聞きが悪いなぁ」

まんざらでもなさそうにいいつつ、悠二は彩乃のスクール水着も持ち上げてヒップに食い込ませた。

「くぅん……んん」

彩乃の喘ぎ声は必死に押し殺した切ないものだった。

それはキャンプ場で人目を気にしていたときと似ていた。今日、彩乃の口から義父から性的虐待を受けていたことを聞いた。

その癖は母親の目を盗んで襲われていたからではないだろうか。

体育倉庫で星羅が声を押し殺して喘いだとき、彩乃が怒った理由がわかった気がする。

「彩乃ちゃん……このマンションは防音がすごいだから大丈夫だよ。あぁ、あぁん！」

星羅は思いきり喘ぎまくった。

「ん、ん、んん」

一方の彩乃は健気《けなげ》に喘いだ。愛らしく悲しい姿だった。

星羅は彩乃に顔を近づけて唇を奪った。

(声を出してもいいんだよ)

星羅は悠二とキスするときに、鼻から息が溢れるのが恥ずかしかったが、今日は遠慮なく彩乃の頬に吹きかけた。舌を絡め合わせながら、唇を震わせるほど喘いでみせた。

「ん、んん……」

「んん、んぁ」

どうやら悠二にも意図が伝わったようで、彩乃に愛撫を集中させた。

(彩乃ちゃん、もっと、もっと、よ)

星羅は身体をくねらせて、お尻を彩乃のヒップに押しつけながら喘ぎつづけた。

「んんん、あぁんんん!」

「んん……んなぁぁ!」

小鳥が親を呼ぶように彩乃の声も次第に高まってきた。

「叔父さん、もっと、もっとして!」

星羅は彩乃から唇を離して、彼女の上体を起こした。後ろからは剝き出しの尻肉を悠二が責め立て、前からは星羅が彩乃の乳房を揉みしだいた。

「んあぁ、んん、くひぃ、あぁぁ、いい、いいです！」

鈴を転がす声とはこういうものなのだろう。

同性の星羅が聞いても、保護欲が湧き上がり、変な気分になってくる。

やがてスクール水着を脱がしていた。

幼い乳房が露になる。乳房がまだ高い位置にあり、完全な丸みに発育していなかった。星羅が小学五年生くらいのときもこんな感じだった。

「あぁ、恥ずかしいぃ」

「星羅も同じ格好になってあげるんだ」

悠二から提案されると、星羅もスクール水着を乳房の下までずらした。プルンと上下に乳房が揺れた。また最近大きくなってきて、そろそろCカップのブラジャーがきつくなってきていた。

自然と乳房を押しつけて、彩乃の股間に指を這わせた。

「んはぁ、先輩。あぁ、そんなことしたら」

「イッていいよ」

食い込んだスクール水着越しに秘部を高速で嬲《なぶ》った。水とは違うトロッとした粘液が生地からとめどなく溢れた。

クチュ、クチュ、クチュ！

卑猥な音が浴室に響いた。

「あ、あぁあ、イクッ！　イッちゃうぅぅぅ！」

絶頂に達した彩乃が星羅の胸の中に倒れてきた。

◇

彩乃を絶頂に導いたあと、悠二は先に風呂から上がった。

リビングで寛《くつろ》いでいると、星羅と彩乃が現れた。

二人ともパジャマ姿だった。長い髪を三つ編みに結《ゆ》って、お揃いのリボンで飾っていた。

部屋に入ってきた瞬間、甘い香りが部屋を満たした。

「ねぇ、叔父さん……相談があるの」

「何？」

重大な頼み事であることは口調からわかった。

「……彩乃ちゃんもうちで暮らしてもらうのはどうかな？」

「え!?」

麦茶を飲んでいたが、噎《む》せてしまった。

「え？」

彩乃も同時に驚いていた。どうやら星羅の独断のようだ。

「もしかして……嫌？」

「当たり前のように言うのでビックリしました」

「どうして？」

「だって、他人の家ですよ」

「でも、わたしも同じだよ。他人ではないけど、ほんの二カ月前から住みはじめたばかり」

「先輩は……叔父さんの姪だから……わたしは完全に部外者です」

彩乃の言い分の当たり前の反応だろう。

「そんなの関係なくない？」

（いや関係あるだろう）

悠二はそう思ったが、黙ったまま成り行きを見守った。

さらに星羅が主張する。

「だって、彩乃ちゃん、わたしのためにあんなことしてくれたんでしょ？」

「……」

「わたしが……叔父さんに虐待を受けているとと勘違いしたんだよね」

星羅にも彩乃の家庭環境をオブラートに包んで伝えていた。

彼女は何も言わなかった。ただ、二人きりのときに、彩乃が告白したかどうかは知らなかった。

彩乃は項垂れた。マシュマロのような可愛らしい唇を噛み締めていた。

「……勝手な思い込みで、あんなことして、ごめんなさい」

そう言うやいなや、彩乃は大粒の涙を目から溢れさせた。

すぐに彩乃を星羅が抱きしめた。

悠二は何もできないので、二人のためにホットミルクを作った。甘みを出すために蜂蜜を加えて。

「二人ともこれを飲んで落ち着くといいよ」

星羅と彩乃は素直にホットミルクを飲みだした。

もらい泣きをしたのか、星羅も目が赤くなっていた。視線をミルクに注いだまま、彩乃がぽつりぽつりと話しだした。

「わたし……先輩を守らないといけないって……」

「うん」

「わたしと同じようになってほしくなくて……ぐすん」

「守ってくれようとしたんだよね。ありがとう、ね」

彩乃は星羅の肩に顔を埋《うず》めて、彼女の頭を優しく撫でた。

「ねぇ、しばらくいっしょに暮らそうよ」

「……どうぢでそうなんでずか？」

かろうじて聞き取れる口調だった。

「彩乃ちゃんを独りにしたくないの」

「……」

「それに、わたしの好きな叔父さんのことをもっと知ってもらいたいの」

悠二はあまりにストレートな告白に赤面してしまった。

「彩乃ちゃんも俺のことが好きになったりしてね」

つい口を滑らせた。

彩乃は微妙な顔をしている。星羅はこちらを睨みつけている。

「先輩って……完璧だと思ってたんですが、男の趣味はどうかと思います」

「え？　叔父さんって超カッコいいじゃん」

驚く星羅に向けられた彩乃の視線は冷ややかだった。

その視線が今度は悠二に向けられた。やや好戦的になっている気がする。

「……わかりました。それを証明してください」

「証明？」

「あのときは途中でやめてしまいましたが、先輩にしたことをわたしにもしてくださ
い」

「ええー!?」

「何なんですか？　嫌なんですか？」

中学生のくせに大人を批難する。

「やりたいの？　やりたくないの？」

「……どう答えても問題が発生しそうなんだが……」

「……仕方ないわ。させてあげる」

まったく情緒もなにもあったものではなかった。

◇　◇

寝室に向かう二人に続いて星羅もついていった。

「星羅も……来るのか？」

「先輩も？」

部屋に入る前に、悠二と彩乃が振り返って訪ねてきた。

「当然よ。わたしには見守る権利があるわ」

状況が状況とはいえ、一人だけ除《の》け者はごめんだった。

「仕方ないですね」

彩乃はそう言うとベッドで身を横たえた。見方によっては投げやりにも思えるが、それが彼女の心を守るための処世術だったのかもしれない。

悠二もそのことに気づいているようで、彩乃に寄り添うと、パジャマの上から優しく身体に触れて、探るように頬にキスをした。

次第に彩乃の身体が縮こまってくると、悠二は彼女の背中を抱き起こし、器用にパジャマのボタンを外していく。

小ぶりの乳房を愛撫しはじめると、彩乃はシーツを強く摑《つか》んだ。

「ん、んぅ」

また小さい喘ぎ声になっている。

(声をあげても大丈夫だよ)

星羅は心の中で応援した。

悠二は彩乃の幼い顔にキスの雨を降らせた。だが、口だけは避けていた。

真一文字に結んだ彩乃の唇がゆっくりと開いた。

(叔父さんって焦らすんだから……もう、意地悪)

星羅は自分が愛撫されているような気分になってきて、思わず手が乳房に伸びそうになった。

しかも、彩乃と同じように自分の唇もだらしなく開きかけていた。

悠二が舌先で彩乃の唇をソフトになぞった。それに耐えきれなくなったのか、彩乃は口から舌を伸ばすと、自らも絡めていく。

(あぁ、羨ましい。わたしはあんなことされたことない……)

星羅は腰をモゾモゾさせた。

◇

彩乃が積極的に舌を絡めてきたのと同時に悠二は攻勢を開始した。

乳房を揉んでいた手をパジャマのズボンの中に潜り込ませ、パンティに這わせていく。すぐに割れ目の形が生地に浮かび上がった。

「んん、んあぁ」

パンティを擦るたびに、ますます少女の小さい舌が密着してくる。

(この子の喘ぎを聞いてみたい……)

今度はターゲットを発展途上の乳房に移した。唇で乳首を甘噛みし、強めに吸って伸ばしてみた。

「ん、んああぁ、あひぃ、あぁぁあ!」

次第に声が大きくなってきた。パンティが濡れている。

(こんな魅力的な美少女が俺の手の中で喘いでいるなんて……狂ってしまいそうだ)

小柄で体重が軽いので、人形を抱いているような錯覚がする。

肉棒がパンツの中で苦しげに息づいていた。

（すぐに入れてしまいたい）

男を狂わせる魔性が彩乃という少女にはあるようだ。

だが、本能のままに突き進むのは避けたほうがいいだろう。

このままではパンツの中で射精してしまいそうだ。

そのとき、星羅がベッドに飛び乗ってきた。いつの間にか全裸になっている。

「せ、先輩？」

彩乃が驚くのも当然だ。

いきなり星羅は彼女のズボンを摑むと、パンティごと脱がしてしまった。

さらに彩乃の脚を拡げて顔を彼女の股間に埋めた。

「んひぃ！　あぁ、そこをそんなに舐めたらぁぁ！」

「彩乃ちゃんもわたしのを舐めてくれたでしょ？」

星羅はお返しと言わんばかりに、女の急所であるクリトリスを重点的に舐めた。しかも、同時に指を膣穴に挿れて、激しく前後に動かした。

「あひぃ、あぁぁあん！　いつも、こんなことしているなんて……」

快楽と非難の混じった視線をなぜか悠二に向けている。

（俺はこんなことを星羅に教えてない！）

「レズは彩乃ちゃんが教えてくれたんでしょ」

「んひぃ……」

「ここがコリコリしているわ」

星羅は指をくねらせながら囁《ささや》いた。

少女たちが戯《たわむ》れるのを見て、悠二の肉棒はパンツの中で熱を帯びて硬くなる。

「あくぅ……そこは……んぁあ！」

「Gスポットってすごく感じるんだから」

星羅はそう言いながら、陰核の愛撫とGスポット責めを続けた。

悠二は呆気にとられるばかりだった。

(中学生がGスポットだって!?)

とびっきりの美少女のレズプレイに、瞬《まばた》きも忘れて見つめてしまう。

(なんて美しいんだ)

あまりの興奮に、今にもペニスが破裂してしまいそうになる。

パンツの中で苦しそうにしている肉槍を引きずり出した。

グロテスクなほど隆々と勃起した肉棒が勢いよく反り返り、下腹をピシャと叩きつけた。

露《あらわ》になった逸物を星羅と彩乃が横目で盗み見ていた。

「先輩、あれを舐めたことあるんですか？」

「あるわ」

「今日はわたしが舐めますね」

「ズルいわ。わたしも……」

「先輩は、わたしのアソコを舐めててください。あひぃ」

彩乃が手を伸ばしてきたが、星羅が遮《さえぎ》った。そして、彼女の上にのしかかると陰裂同士を重ね合わせて、身体を前後に揺さぶった。

（星羅から聞いていたが……ここまで本格的なレズプレイをしていたんだな……この様子だと、星羅もまんざらではなかったんだな）

星羅がリードするように、彩乃の身体を起こした。

そうすることで、二人はベッドの上で抱き合って座っている格好になった。

「叔父さん……二人でオチ×チンを舐めることができるわ」

「なんだって!?」

「わ、わたしも舐めてあげるから、さっさとペニスを差し出しなさいよ」

（中学生の発想力はすごい！）

悠二は言われるがまま、膝立ちになって屹立したものを突き出した。

やや右に傾いている肉棒は星羅のほうに近かった。

二人の吐息が左右から吹きかけられ、それだけで絶頂に達してしまいそうになる。

期待感だけで肉砲がひくひくと痙攣している。

まずは星羅が亀頭を咥えてきた。

「あ、先輩、ズルい」

「んんん」

彩乃は負けじと肉茎に舌を這わせてきた。

「すごい……こ、こんなの初めてだ」

尻穴がキュッとすぼまった。

悠二はあまりの快楽で立っているのもやっとだった。星羅が亀頭を舐め回すと、唾液と先走り液が肉胴にまぶされていく。それを彩乃の小さい舌が舐め取って、肉竿の根元から星羅の唇のあたりまでを何度も舐め上げた。

「交替してください」

「……うん」

今度は彩乃が亀頭を咥え込んだ。

小さい口だから亀頭が口の中でいっぱいいっぱいになる。そのために、頬裏や舌、口の上などで亀頭全体を刺激されてしまう。しかも、彩乃のほうがフェラチオに関しては一日《いちじつ》の長《ちょう》があるようだ。尿道もくすぐってきたり、先走り液をジュルジュルと吸引したりして、男を悦ばせるバリエーションに富んでいる。

「くぅ、すごいぃ」

悠二は意志に反して腰が震えてきた。

その仕草が星羅に火をつけてしまったのか、今度は彼女が裏筋の膨らみを、チュチュッと唇で挟み上下に動かした。そうかと思うと、舌を平らにして、ねっとりと肉棒の根元から舐め上げてくる。

いつの間にか、彩乃は亀頭から口を離していて、星羅と呼吸を合わせて、左右から肉竿を愛撫した。

「チュプ、チュプ、チュパン」

「クチュ、ンチュ、チュプン」

目の前で星が飛び散り、気づいたときには、悠二は少女たちの頭を押さえていた。

悠二の肉棒で少女たちの舌先が絡み合い、軽やかに戯れている。

（ああ……手や舌同士がまるで生き物のように蠢いてムズムズしてくる）

肉棒が二人の舌を弾くように、躍動して肉茎がさらに膨張した。

「も、もうダメだ！」

悠二が腰を震わせると、星羅が亀頭をぱくっと咥え込んだ。

阿吽《あうん》の呼吸とでもいうように、彩乃が肉竿を激しく舐めしゃぶった。頭の中が真っ白になっていくと同時に背筋が弓なりになる。

「くッ！」

悠二は腰を思いきり突き出した。

ドピュッ、ドピュッ、ドピュッ！

激しい射精が始まった。

星羅の口で亀頭がぐわっと広がり、特濃のミルクを噴出させた。それをさらに押し出すように、彩乃が舌をグリグリと裏筋に押しつけてくるのだからたまらない。

「先輩、射精に合わせて吸ってみて」

「んん！」

ジュル、ジュル、ジュルリッ！

なんと星羅は頬を凹ませながら、彩乃の言うとおりにした。

悠二の爆発に合わせて力強く精液を吸引したのだ。

精液が尿道を引きずり出されるような快感だった。

（うう！　なんて気持ちいいんだ!!）

そうして一滴も残らず牡の樹液を吸い取られてしまったのだった。

◇　◇

悠二がティッシュを差し出してきたが、星羅は断った。

口の中にある白濁液を味わうように舌で転がし少しずつ嚥下《えんげ》した。

悠二と彩乃が見ている前で、すべて飲んでみせた。

「大丈夫？」

「うん……これが大人の味だね。好きな人のものなら、飲めるよ」

彩乃は信じられないといった顔をしている。

「叔父さんだって、わたしのアレを飲むでしょ？」

「もちろんだ」

悠二が頷《うなず》きながら近づいてきた。星羅への愛撫が始まった。

陰核を包皮ごと吸われたかと思うと、次には舌先で剝き上げられ、尖った肉豆を転がされた。

　数分ほど愛撫すると、膣口に唇をつけて、ジュルジュルと卑猥な音を響かせながら蜜汁を吸ってきた。

「あくぅ……あひぃ……いいわ」

「星羅のオマ×コ汁は美味しいよ」

「どう？　彩乃ちゃん……んあぁ、愛し合えばこんなこともできるのよ」

　星羅は訴えかけた。

「だって、その人はわたしにも同じことをしたわ。単なる性欲じゃない？」

　悠二はバツの悪い顔をしていた。

　貞操帯で禁欲生活を強《し》いられていたのだから、暴走したのも仕方のないことだろう。

（だけど、彩乃ちゃんは納得してくれないだろうな……どうしたら？）

「君はどうしたら納得してくれるんだろうね」

　星羅が思っていたことを、悠二が口にしてくれた。

「愛しているなら、すべて受け入れられるはずだわ」

　彩乃は頬を染めてそう言った。

「もちろん俺は星羅のすべてを受け入れることができる」

「それじゃあ、先輩のオシッコも飲めるはずだわ」

彩乃は早口でまくし立てた。

「お、オシッコ⁉」

星羅は思わず聞き返してしまった。

「そこでやってみせてください。そうしたら、愛し合っているって信じてあげてもいいわ」

彩乃は意地になっているのだろう。しかし……。

(叔父さんにオシッコ？　そんな……)

想像しただけで羞恥心で身体が熱くなってくる。以前、悠二が星羅には汚いところなんてないからオシッコでも飲めると言っていたが、あれは言葉の綾だろう。

悠二が星羅を見つめて真剣な顔で言った。

「やろう」

「え？」

「俺は星羅のすべてを受け止めるよ」

「お、オシッコだよ？」

「星羅に汚いところなんてないんだよ」

(覚えていたんだ……)

悠二は星羅の唇に軽くキスしてきた。

「……わかったわ……彩乃ちゃん」

星羅は彩乃に向かって頷いた。

悠二が股間に口をつけてきた。秘密の花園が口で塞がれた。尿意はあるが、悠二に向かって排尿すると思うと、簡単には出てこなかった。意識すればするほど、括約筋が締まってしまう。

「焦らないで、深呼吸してみて」

「うん……」

口の中が乾き、舌を忙《せわ》しなく動かした。

(うぅ、オシッコしなくちゃ……どうして出てこないの?)

これまでトイレ以外で排尿したことのない星羅の身体が拒絶していた。できないと思ったとき、割れ目に電流が走った。

悠二が舌先を尖らせて、尿道口をチロチロとくすぐってきたのだ。

「は、はぁあん……」

甘い喘ぎがこぼれてしまう
悠二の舌が陰核にも当たり、甘美な刺激も加えられると、膣内をラブジュースが満たしていくのがわかった。それが流れる感覚に尿道を開く感覚を重ね合わせた。

括約筋が緩んだ。

「出る。オシッコ……出ちゃう！」

そう叫ぶと同時に、熱い液体が尿道を駆け抜けた。

こぼれないようにゆっくり出そうと思っていたのに、余裕などまったくなかった。勢いよく悠二の喉めがけて排出してしまったのだ。

「んんごごぉ！」

あまりの水圧に悠二も苦悶の表情を浮かべている。

だが、一滴もこぼさないように、唇を割れ目に密着させてきた。そして、必死に飲み干している。

（わたしのオシッコをゴクゴク飲んでる……）

星羅は悠二が自分に尽くしてくれていることを実感し、何度も軽く絶頂に達してしまった。

牝のジュースも同時に夥《おびただ》しく出ていたが、それも舐め取ってくれている。

星羅は激しい快楽に浸りながら、まるで揺りかごの中にいるような安堵感も覚えた。

「あぁ、あああぁ、イクっ！」

最後の一滴まで聖水を出しきって、本当のアクメを極めてしまった。

ほどなくして、悠二が股間から離れていく。

悠二が口元を腕で拭《ぬぐ》った。

「……」

彩乃は呆然としている。

「あぁあぁあぁ……叔父さん、大好き。愛してるわ」

「俺もだ。星羅のことが大好きだ」

二人は抱き合って、再び唇を重ねた。

◇

「いいな……いいなぁ……」

彩乃はそう呟《つぶや》いて、目に涙を浮かべた。

悠二は彩乃の細い腕を引き寄せて、星羅ともども強く抱きしめた。

「俺が彩乃ちゃんに愛というものを教えてやろう。星羅、いいよな？」

少し大げさな言い方で照れてみせる。

「うん、じゃあ、彩乃ちゃんもウチでいっしょに暮らそうね」

星羅が彩乃の肩に手をやって励ました。

「彩乃ちゃんさえよかったら、ここに住んでくれ。部屋はあるからさ」

「……」

彩乃が横目で睨んできた。

「遠慮しなくていいんだよ。星羅も喜ぶし……」

悠二は慌てて付け足した。

（身体目当てだと思われてないだろうな!?）

彩乃は魅力的な少女だが、愛しているのは星羅だけだ。今回はっきりとわかった。

「嫌かな？」

「相性を確かめないと、同棲はできません」

変な言い方だ。

「君は星羅のためなら、自分を犠牲にしてきたよね」

「ええ、星羅先輩とは身体の相性もバッチリでした」

彩乃は挑むように言ってきたが、どこか恥じらっているようでもあった。

「……」

「……」

「……」

三人とも沈黙してしまった。そのとき、彩乃が大きくため息をついた。

「鈍いですね。最後まで言わせないでよ」

「え？　どういうこと？」

「身体の相性の話に決まっているでしょ！」

「ええ！？」

「わたしが同居したら、二人がエッチしているとき、わたしは部屋でじっとしていろということでしょうか？」

悠二は星羅と顔を見合わせて、互いに頬を染めた。

「おじゃま虫は嫌。ここに住むなら、わたしも仲間に入れてもらうから」

彩乃はそう言って悠二の手をとり、自分の胸に押し当てた。

心臓の鼓動が聞こえる。緊張しているようだ。

「わかった」

悠二は彩乃にそっと口づけをする。すると、彼女の手が股間に伸びてきた。

勃起しているのを確認すると、彩乃は悠二に身体を預けてきた。

悠二はベッドに倒れ、そこに馬乗りになった。

「すごく硬くなってる」

彩乃はペニスの根元をぎゅっと握りしめた。

少し痛みがあったが、それがまた気持ちいい。

彩乃はいったん腰を浮かせて、割れ目を亀頭に押し当ててきた。

「こういうの……先輩はしてくれる？」

小悪魔のように微笑むと、ロリータ美少女は腰を落としてきた。

無毛の花園がググッと拡がったかと思うと、肉槍をたちまち呑み込んでいく。

「くぅ、きつい！」

身体が小さいせいだろう。彩乃の膣は星羅よりも格段に狭かった。

奥行きもそれほどない気がする。すぐに子宮口に押し当たるからだ。それでも彩乃が腰を下ろしてくると、奥へと誘ってきて膣襞がさらに肉茎に密着するのがこのうえない快楽だった。

「大きい！　あ、あくぅ」

彩乃がお尻を落としたところで呻いた。

悠二のお腹の上に手をおいて、肩で息をしている。悠二はその小さい手を摑んだ。

そして、腰をバウンドさせるように突き上げた。

「う、うあぁ！　んひぃ、奥が突き上げられる」

「うう……きつくて気持ちいい」

子宮口を突くたびに、彩乃の括約筋が締まった。しかも、次第にその締めつけ具合に変化が生まれた。

「あぁ、あぁ、あうぅん」

彩乃が感じだすと、膣の奥から波打つように膣襞が蠢いていた。

しかも、そのたびに愛液が噴き出し、悠二の身体にまで飛び散った。

「二人ともずるい」

それを見ていた星羅は彩乃の背後に回ると、自分の胸を相手に密着させた。

背後から彩乃の乳房を揉んだり、乳首を転がしたりしている。

「あんん……先輩だめぇ」

「ここはどうかな？」

星羅はそう言って彩乃の首筋にキスをした。

ますます膣内の締めつけがすごいことになっている。

「ほらッ！」

悠二は寝たままの姿勢で腰をリズミカルに突き上げた。

体重の軽い彩乃の身体がそれにしたがって上下にバウンドする。

肉竿が半分以上見えたかと思うと、すぐにヒップが勢いよく落ちてきて根元まで呑み込まれてしまう。

（うぉお、すごい眺めだ！）

途中からより強い刺激を求めるように、彩乃は悠二が腰を上げるタイミングに合わせて、それにぶつけるようにお尻を落としてきた。

（このままだと、俺が先にイッてしまう）

渾身の力を振り絞って身体を起こすと、悠二は彩乃と向き合った。彼女は恥じらうように身体をねじった。予想どおりの反応だった。

「星羅、いったん離れてくれ」

目をうっとりさせている星羅が素直に従った。

悠二は射精を我慢しながら、彩乃の細い腰を摑んで、くるりと半回転させた。

その際、膣内で肉砲がねじれ、危なく射精しそうになった。快楽がピークに達していたが、肛門を引き締めてなんとか耐え抜いた。

そのまま彩乃を四つん這いにさせて、悠二はピストン運動を開始する。

さらにペニスを押し込むと鋭い摩擦が生じるがそれはこらえて、彩乃の身体を自分のほうに倒した。いわゆる背面座位の姿勢になった。

膝の上に彩乃を抱き、発展途上の胸を揉みながら突き上げていく。

「星羅、協力してくれ……くぅ」

意図を汲んだ星羅は彩乃の前に跪《ひざまず》き、舌先で無毛の割れ目を舐めはじめた。

「んひぃ……せ、先輩ぃ、あひぃん」

彩乃が明らかに感じているのがわかった。

膣の蠕動《ぜんどう》運動がさらに激しくなった。

(感じている。あと少しで、絶頂に導けるはずだ……しかし、気持ちよすぎる)

悠二にとってもラストスパートは諸刃《もろは》の剣《つるぎ》だった。

(うぉぉ、気持ちよすぎて……もう耐えられないぞ)

悠二は弓のように反り返った肉棒をいっそう強く押し込んだ。

星羅は彩乃のクリ包皮を剝き、敏感な粘膜にチュッチュッとキスした。それでなくても狭い膣道が強烈に収縮しだした。

「あ、あぁ、あ、もう、もうぉぉ！」

彩乃がオーガズムに近いことがわかった。

（ナイス、星羅！）

そう思ったとき、今度は、結合部に出入りする裏筋を星羅が舐めてきた。

「くぅ！」

あまりの心地よさに、悠二の快楽メーターは一気に振りきってしまった。

「あああ、イク、イクぅぅ！」

「出すぞ。中にたっぷりと出すぞ！」

悠二と彩乃の声が重なり合った。

同時に絶頂に達した。

締めつけがきつすぎるが、それが最高の快感をもたらした。肉棒がはぜてしまうのではないかと思うほど、大量の精液が噴出した。

尿道を焼くように熱い白濁液が駆け上がって、ドクッ、ドクン、ドピュッと放たれていく。

二度目だというのに、信じられないほど大量だった。

◇　◇

彩乃の膣から飛び出したペニスは浮き上がった静脈に白濁液と愛液が攪拌《かくはん》されて、妖しくヌラついていた。

部屋には男女の濃厚な淫臭が漂っていた。

（わたしも……欲しい）

そう思ったときには、亀頭を咥えていた。

「……せ、先輩ぃ？」

「んんッ……二人だけ愉しんでズルいわ」

星羅はヌルヌルした肉竿を手でしごいていた。すると、驚くことに再びペニスが硬度を取り戻しだした。亀頭は浅黒く変色し、静脈も今にも裂けてしまいそうなほど膨れ上がってくる。

悠二も肩で息をしていて、さすがにつらそうにしている。

それでも我慢できなかった。

「んんん……」

「わたしも……ちょうだい」

「少し……待ってくれ」

「やだ！　待てないよ」

星羅は雁首に舌を絡めて舐め回した。口の内側の粘膜を男根にこすりつけた。

「わたしも……もっと欲しいわ」

彩乃が加勢してきて、悠二の乳首を舐めはじめた。

ベッドに手をつき、上半身を反らした悠二が身体を震わせた。

星羅が悠二にしがみついたので、悠二はベッドに仰向けに倒れた。

「さっき彩乃ちゃんがやっていたのをしたい」

「騎乗位はわたしが初めてだったんですね」

「うぅ……叔父さん、私にしたことない格好で……せ、セックスしてよ」

「ちょ、ちょっと待ってくれ」

悠二の制止を無視して、星羅は彩乃といっしょに肉槍を舐めだした。

「先輩、さっき言った言葉は取り消します」

「……何？」

一つの肉棒を挟んで、互いの舌が重なり合う。

「男の趣味が悪いって言ったけど」

「彩乃ちゃんも叔父さんのよさがわかった？」

「ええ、わかりました。悔しいですが……オジサンとは相性がいいようです」

「それなら、いっしょに暮らせるね」

彩乃が目を三日月型にして微笑んだ。心からの笑顔だった。

「うん、暮らしたいです……」

「やったぁ！　いいよね？　叔父さん」

星羅は悠二に訊《たず》ねた。

悠二は頷いたが、それどころではなかった。

「俺はいい歳のオジサンなので、立てつづけに相手することはできないぞ」

「でも、ここは、まだまだ元気みたいよ？」

彩乃が悠二の逸物に手をやって意地悪した。

「う、うくぅ」

「こんなに太い血管を浮き上がらせちゃって、すごく痛そう」

そう言った彩乃が星羅にこそこそと耳打ちをした。

星羅もそれを聞いて、うなずくとわざとらしく言った。

「それじゃあ、叔父さんが本当にできないか試してみるね」

星羅は唇を窄め、肉槍の唾液を滴らせた。

「んん」

とろりとした水飴のような粘液がペニスにまぶされていき、悠二が呻いた。

亀頭がうっ血し、どす黒くなっている。

星羅と彩乃は頰を寄せ合って、ペニスに熱い息を吹きかけた。

「あ、あうぅ、あぁ……」

悠二が情けない悲鳴をあげながら身を捩った。

星羅は彩乃と顔を見合わせてクスクスと笑った。

「叔父さん、我慢は身体に毒だよ」

「素直になればいいのに」

星羅と彩乃は口元に妖しい笑みをたたえ、艶やかなリップを見せつけるように重ね合わせた。

悠二の視点からは、肉棒の向こうに二人がいるように見えた。舌先をチロチロと戯れるように触れ合ってみせると、ついに悠二が我慢できなくなったようで起き上がった。

「くそ、じゃあ、二人とも尻を並べるんだ」

「きゃあ、叔父さんって大胆」

「最初から素直になってたらいいのに」

交互に囃し立てながら、星羅は大いなる期待感に胸を甘く締めつけられた。

◇

ベッドの端に星羅と彩乃がお尻を突き出している。

(最近の子は脚が長い)

まだ肉づきが薄いから脚は細いが、お尻に近づくにつれ美しい曲線を描いていた。

二人のヒップは白桃のような瑞々《みずみず》しかった。

星羅のほうは丸々としていて、大人の尻をコンパクトにしたような感じだ。本人はコンプレックスに思っているようだが、とても愛らしい美尻だ。一方、彩乃の桃尻はまだ幼さを色濃く残していた。

二人とも会陰にも肛門の周辺に無駄毛はなく、色素沈着もない。

大陰唇にも陰毛がないから、背後から見ると、星羅もパイパンに見えた。

イノセントな美少女が自分に向かってお尻を突き出している。

（これは夢なんだろうか……）

自分の人生にこんなモテ期が到来するとは夢にも思わなかった。だが、これは現実なのだ。少女たちから甘酸っぱいフレッシュな香りが漂ってくる。否応なく、劣情が募ってくる。

その男の欲望を挑発するように、少女たちの膣口がパクパクと開閉していた。

悠二はまず星羅の腰を摑んだ。すぐに嬉しそうな喘ぎ声をあげて反応した。

「ああん！」

ヌチュッ！

淫猥な音を響かせて、屹立した男根を突き込んでいく。

「んんぅ……叔父さんのおっきいオチ×チンが入ってくるぅ」

ピストン運動を数度繰り返すと、彩乃が腰を振り乱した。

「あぁん、わたしにも挿れてください」

「よし！」

悠二は今度は彩乃の膣内をぬらついたペニスでかき混ぜた。

「んぁ、んあぁあ……あうぁ！　奥まで硬いのが当たっている。あぁ、いい」

「ズルいわ。わたしにもちょうだい」

星羅が尻を大きく振り乱して言った。

悠二は膣内に指を入れて、星羅の膣内を抉った。

Gスポットを狙ってひときわ感じさせると、今度は逸物を勢いよく埋めていった。

そして今度は彩乃にも同じことをする。

「あぁ、あひぃ！」

「んあぁ、あぁ」

少女たちの嬌声が重なり合った。

悠二も息が乱れ、自制も効かなくなってきた。

二人はそれぞれに個性があって、どちらも素晴らしかった。彩乃のほうが狭くて、感じるたびに波打っている。星羅のほうは膣内に引き入れるような動きなので、まるで正反対だった。さらに星羅の膣襞はイソギンチャクのように肉竿に絡みついてきた。

「くそぉ、もうダメだ。出すぞ」

「あぁ、叔父さん、きてきてきてぇぇ！」

星羅に激しくピストン運動をした。

会陰の底から官能のマグマが一気に駆け上がってきた。

三度目の射精は尿道に鈍い痛みを感じたが、それ以上に強烈な快楽が爆発の時を今か今かと待っていた。

（くぅ、三度目になると尿道が焼けるように疼いてくる）

悠二も不安になるほど身体に生じたさざなみのような痙攣が、みるみる大きな振動へと変化していく。

「あ、あぁ、奥に当たる。あぁ、もう、イッちゃう！」

星羅の膣が螺旋《らせん》を描くように収縮を開始すると、悠二の我慢も限界突破していった。

三度目だというのに力強く脈動を開始した。

会陰の奥から絞り出すように白濁の溶岩流が尿道にどっと押し寄せてくる。

鈍い痛みとともに、火柱のような快楽が脊髄を駆け抜け、全身の細胞を覚醒させた。

「イクぞ！」

悠二は星羅の背中に倒れ込むようにして腰を突き込んでいった。

「イク、イクっ、わたしも、オマ×コでイッちゃううぅ！」

星羅の膣内がそれまでと比べ物にならないほど一気に収縮した。

全身が溶けて星羅と融合してしまうような感覚があった。

「叔父さん、好き。愛している。ずっといっしょにいようよ」

悠二は両手にそれぞれ少女を抱《かか》えて川の字に寝ていた。

「俺も愛している」

そう星羅に伝えると、彩乃が身体を起こした。

「先輩、残念なお知らせがあります」

「え?」

「姪と叔父では結婚できませんよ?」

「嘘ッ!?」

「本当です。だから、わたしが代わりにオジサンと結婚してあげますよ。そうしたら、先輩ともずっといっしょにいられますし」

「え、そんなのダメ! 叔父さんのお嫁さんになるのはわたしよ」

二人は悠二にしがみついた。

「どっちと結婚する?」

悠二は二人にキスをして笑った。

こんな幸せがこれからも続くのかと思うと、人生薔薇色だった。

「二人とも幸せにするよ」

「うん、わたしも叔父さんを幸せにするね」

「不束者《ふつつかもの》ですが、よろしくおねがいします」

「ははは、まるで本当に結婚するみたいじゃないか！」

悠二は高笑いした。それを見た星羅が頰を膨らませた。

「彩乃ちゃんにはツッコミを入れるんだね。わたしが同じことを言ったときは無視したのに……」

微笑みを浮かべた彩乃が初めて悠二の名を呼んだ。

「悠二さん、星羅お姉さん、お世話になります」

さらに星羅が唇を尖らせた。

「叔父さんの名前を呼ぶなんてずるい！　わたしだって呼べないいんだから！」

「星羅も呼んでくれていいんだよ？」

星羅はすっかり恋する乙女のような顔をしている。

そしてつっかえつっかえ悠二の名前を甘い声で呼ぶのだった。

◎本作品の内容はフィクションであり、登場する個人名や団体名は実在のものとは一切関係ありません。

◉新人作品**大募集**◉

マドンナメイト編集部では、意欲あふれる新人作品を常時募集しております。採用された作品は、本人通知のうえ当文庫より出版されることになります。

【応募要項】 未発表作品に限る。四〇〇字詰原稿用紙換算で三〇〇枚以上四〇〇枚以内。必ず梗概をお書き添えのうえ、名前・住所・電話番号を明記してお送り下さい。なお、採否にかかわらず原稿は返却いたしません。また、電話でのお問い合せはご遠慮下さい。

【送付先】 〒一〇一-八四〇五 東京都千代田区神田三崎町二-一八-一一 マドンナ社編集部 新人作品募集係

俺《おれ》の姪《めい》が可愛《かわい》すぎてツライ《つらい》

二〇二二年 六 月 十 日 初版発行

著者◉東雲にいな【しののめ・にいな】

発行◉マドンナ社
発売◉二見書房

東京都千代田区神田三崎町二-一八-一一
電話 〇三-三五一五-二三一一（代表）
郵便振替 〇〇一七〇-四-二六三九

印刷◉株式会社堀内印刷所 製本◉株式会社村上製本所 落丁・乱丁本はお取替えいたします。定価は、カバーに表示してあります。

ISBN978-4-576-22071-0 ◉Printed in Japan ◉©N.Shinonome 2022

マドンナメイトが楽しめる！ マドンナ社**電子出版**（インターネット）……https://madonna.futami.co.jp/

Madonna Mate

オトナの文庫マドンナメイト

僕専用ハーレム女子寮 ナマイキ美少女に秘蜜の性教育
澄石 蘭／新米教師が奔放なJCたちの寮の管理人になり

秘湯の巨乳三姉妹 魅惑の極上ボディ
鮎川りょう／童貞男はなぜか転勤先で次々と誘惑され…

おさな妻 禁じられた同棲
諸積直人／童貞青年は元教え子の美少女を泊めることに

なまいきプリンセス 姪っ子とのトキメキ同居生活
綿引 海／姉夫婦が留守中、姪っ子を預かることに…

少女の花園 秘密の遊戯
綿引 海／管理人を務める洋館は少女が集う秘密の場所で

おねだりブルマ 美少女ハーレム撮影会
浦路直彦／好奇心旺盛な幼い美少女たちと孤島へ…

電子書籍も配信中!!
詳しくはマドンナメイトHP
http://madonna.futami.co.jp

小悪魔少女とボクッ娘 おませな好奇心
浦路直彦／思春期の少女を預かることになった僕は…

清純少女と誘惑少女 おさない絶頂
浦路直彦／可憐な美少女を預かることになった和樹は…

クソ生意気な妹がじつは超純情で
伊吹泰郎／生意気でビッチな妹にエロ雑誌を見つかり…

少女のめばえ 禁断の幼蕾
楠織／通勤電車で出会った少女からエッチなお願いをされ

いいなり姉妹 ヒミツの同居性活
哀澤 渚／可愛すぎるJC姉妹と同居することになり…

生意気メスガキに下剋上！
葉原 鉄／社長の娘のイジメは性的なものになり…

Madonna Mate